KB000124

탐정,
범죄,
미스
터리의
간략한
역사

옮긴이 **박진세**

추리소설 애호가로 현재 출판 기획 일을 하고 있다. 옮긴 책으로 에드 맥베인의 『살의의 쐐기』, 『노상강도』, 『마약 밀매인』, 아카이 미히로의 『저물어 가는 여름』이 있다.

탐정, 범죄, 미스터리의 간략한 역사

박람강기 프로젝트 007

엘러리 퀸 지음
박진세 옮김

북스피어

차례

일러두기

하단의 각주는 원저자 주, 본문 안의 병주는 옮긴이의 주석입니다. 원저자주에 주석이 필요한 경우 [–옮긴이]로 표기했습니다.

단행본은 『 』, 단편 제목은 「 」, 잡지 · 신문 등 정기간행물은 《 》, 라디오 · 영상물 등은 〈 〉로 표기했습니다.

초석으로 선정된 책의 서지 사항은 '저자, 출간 지역: 출판사명, (출간연도)' 순으로 기재했습니다.

국내에 소개된 작품들은 한국어판 이름으로 표기했습니다.

MANUAL DE PERSPECTIVA
Heute Abend 2
LEXIKON
14
RUDERA bis SOCCUS

작가 노트

친애하는 독자에게

이 책은 1845년 이래 이 장르에서 출간된 106권의 가장 중요한 저서를 통해 보여 주는 탐정–범죄–미스터리 단편 소설의 간략한 역사이다.

또한 탐정소설에 관한 우리의 논문이다.

당신이 묻고 싶을지 모르겠지만, 이 장르에서 어떤 책을 중요한 책으로 만드는 요소는 무엇일까? 중요한 책이라고 확고히 선언하기 전에 어떤 기준으로 측정되어야 하며, 어떤 각도의 접근 방식이 고려되어야 하는가?

혼란스럽지만 이러한 질문들은 모든 짐작에서 벗어날 정도는 아니다……. 우리는 심사숙고하고, 계산했으며, 사실과 수치와 상상력에 대해 수없이 조사하고 탐색한 끝에 이 분야의 진정한 초석으로 선정된 책에는 세 가지 요소가 있다는 결론을 내렸다. 이 결정적인 기준은 (1) 책의 역사적 중요성, (2) 문학적 퀄리티 그리고 (3) 수집가의 수집대상으로서의 가치다.

우리는 또한 어떤 작품이라도 이 세 가지 조건 모두에 부합할 필요는 없다고 결정했다. 그 점에 있어서, 두 가지, 혹은 한 가지 자격 조건만으로도 상당한 가치가 있다면 초석으로 인식하는 데 충분하다는 결정을 내렸다.

따라서 우리는 앞으로 소개할 이 간단한 역사에서 '퀸의 정예'에 선정된 각 작품에 관해 우리 개인적인 평가를 포함시켰다. 이러한 최종적인 자격은 각 제목의 오른쪽에 위치할 한두 가지 혹은 세 가지 기호로 표시되었다.

H —역사적 중요성Historical Significance을 나타낸다.

Q —문학적 스타일과 구성의 독창성에서의 퀄리티Quality를 나타낸다.

R —초판본의 희소가치Rarity를 나타낸다.

R만큼의 가치는 아니지만 입수하기 곤란할 책일 경우, 우리는 세 번째 자격의 근거를 기술하기 위해 대체 기호를 사용했다.

S —초판본의 품귀Scarcity를 나타낸다.

몇 가지 사례를 든다면 이해하는 데 도움이 될 것이다…….

예를 들어, 당신은 에드거 앨런 포의 『이야기들Tales』이 HQR로 평가된다는 것을 알게 될 것이다. 이것은 『이야기들』이 세 가지 기준 모두에서 초석으로서 자격을 얻는다는 것을 의미한다. 역사적으로 중요하며, 문학적 퀄리티가 상당하고, 초판본의 입수가 극히 어렵다는 뜻이다. 반면에 발두인 그롤러의 『다고베르트 형사의 행위와 모험』은 H와 R로 표기되었는데 이는 역사적인 면에서의 가치와 소장 가치가 있다고 인정받았지만 퀄리티 면에서는 그렇지 못하다는 것을 의미한다. 더 명확하게 이해를 돕자면 엘리스 파커 버틀러의 『파일로 겁』은 H로 분류되었는데, 이 책은 오직 역사적으로 초석으로서 가치가 있다는 것을 의미한다.

당연히 각 기준의 자격 정도는 다르지만 이 차이들을 오로지 네 가지 표시만으로는 정확히 전달할 수 없다. 다시 한 번 보다 더 명확하게 이해를 돕자면 『이야기들』과 딕 도너번의 『사냥꾼』은 둘 다 H로 분류되었지만 『이야기들』이 역사적으로 최상의 가치를 인정받은 책인 반면, 도너번의 책은 감정가적 중요성 이상의 것을 바랄 수 없다. 유사한 예로 『이야기들』과 C. 데일리 킹의 『호기심 많은 태런트 씨』는 모두 R 자격을 얻었는데, 두 책은 비교 희소성 면에서 시기적으로 몇 광년은 떨어져 있다. 킹의 초판본은 인정하건대 20세기 초석 가운데 가장 찾기 어려운 책 중 하나지만 『이야기들』은 앞뒤 겉표지가 온전하게 남아 있는 초판

1쇄가 오직 다섯 부만 존재한다고 알려져 있을 만큼 진귀하다.

당신이 이러한 미묘한 구분에 대한 연구에 끌리고, 상대적인 자질의 정도를 보다 정밀하게 확정하고 싶다면 다음의 세 가지 사항을 고려해 보고 평가하기 바란다. (a) 퀸의 반평생 연구의 결정체인 이 책에 실린 언급들. (b) 당신이 읽은 이 장르에 대한, 주의 깊은 분석에 기초한 개인적인 평가. 그리고 (c) 초판본을 찾으려고 애썼던 당신의 개인적인 경험.

그리고 마지막으로, 퀸이 선택한 가장 중요한 106권의 책과 두 명의 퀸의 평가 기준이 반영된 각 책의 가치에 매긴 평가가 모든 것을 대표하는 것 같지만 이것은 '개인적인 의견'일 뿐이다. 그 이상도 그 이하도 아닌…….

연구하고, 추론하고,
비평하고, 수집한,
여러분의 충성스러운 하인
엘러리 퀸

I 요람기

문학의 다른 많은 형태처럼 탐정, 범죄, 그리고 미스터리 소설은 성경에 그 기원을 두고 있다. 처음으로 기록된 살인은 희생자, 범인, 동기 그리고—추리에 따른—흉기까지, 모든 구성 요소를 갖추고 있다. 우리는 '카인이 자신의 동생 아벨을 살해했다'라는 이야기를 알고 있다. 그러나 이것은 미스터리가 없는 살인이었고, 미스터리가 없으니 탐정도 필요치 않았다. 그러나, 살인이 발생하면 탐정 또한 멀지 않으리. 그렇다—정의 또한 발명의 어머니다.

첫 번째 탐정(19세기가 되기 전까지는 탐정이라는 말이 없었기 때문에 그때는 그렇게 불리지 않았을지라도)은 외경서에서 데뷔했다. 「벨 이야기」에서 다니엘은 봉인된 신전으로 통하는 문 앞에 재를 뿌려 놓음으로써 미스터리를 해결하고, 최초로 다수의 범인들—벨 신전의 일흔 명의 사제—을 밝혀낸다. 오늘날 구닥다리처럼 보일지도 모르는 이 이야기에서 다니엘의 방법은 최근 과학 수사의 바탕이 될 만큼 정확한 이론이며, FBI에서도 쓰이고 있다. 「수산나 이야기」에서 다니엘은 지금 형사의 전형이 된다. 그는 영리한 반대신문을 통해 거짓 증언을 한 두 늙은 원로에게 유죄를 선고하고, 사형당할 뻔한 무고한 수산나를 구한다. 그리하여 또 다른 전통이 태어났고 "그날 이후로 다니엘은 백성들에게 엄청난 평판을 얻었다."

고대 히브리 문헌에서 기원한 요람기 탐정은 고대 그리스와 라틴 문헌으로 이어진다. 『헤로도토스 역사Ⅱ Book II of Herodotus』에 나오는 일화 「람프시니투스 왕의 보물 창고」는 도둑의 교활함을 구성의 주안점으로 두었지만 원초적인 갈등은 왕 자신이 법을 지키느냐 지키지 않느냐에 있었고, 비록 법을 지키는 데 실패했지만 왕은 탐정적 사고를 발전시켰다.[1] 키케로의 『점占에 대하여』에 실려 있는 몇몇 이야기는 원초적 탐정소설들이며, 베르길리우스의 헤라클레스와 같은 반신반인 영웅의 서사시 『이니이드』

1 이천여 년 후 시어도어 드라이저는 단편 「도둑이었던 왕자」에서 근본적으로 같은 구성을 보다 풍성히 확장시켰다. 드라이저는 그 이야기를 가장 오래된 오리엔탈 테마에서 따왔다고 부제를 달아 원전을 밝혔다. 이 이야기는 드라이저의 단편집 『체인스』에 실려 있다.

는, 문학적으로는 최초로 위조 발자국의 예를 제시함으로써 다듬어지지 않은 금강석 같은 탐정적 자질을 수행한다.

어쨌든 탐정 범죄 소설은 여전히 연약한 식물이었다. 미미한 발아였지만 죽지는 않았다. 15세기 영국에 처음 번역된 중세 문학 『게스타 로마노룸』13~14세기 영국에서 수집된 민간 라틴어 설화집에 나오는 이야기들에서 우리는 중요한 가닥을 찾을 수 있다. 돈 파트로니오의 지혜에 대한 이야기인 후안 마누엘의 『루카노르 백작El Conde Lucanor』에 나오는 몇몇 이야기와 보카치오의 『데카메론Decameron』과 무인 알 딘 유바이니의 페르시아 클래식 『니가리스탄Nigaristan』, 초서의 『켄터베리 이야기Canterbury Tales』 중 「면죄부 판매자 이야기The Pardoner's Tale」, 그리고 토머스 무르너의 『틸 아울글라스의 모험』에서도.

엘리자베스 시대에서는 더 중요한 실마리를 찾을 수 있다. 엘리자베스 시대는 순수한 추리적 요소의 증가에 약간 이바지했다고 할 수 있다. 하지만 변성기를 맞은 18세기 추리 문학은 범죄학적 유아기에서 벗어나 분석적 사춘기로 접어들었다. 사춘기로 접어든 첫 번째 강한 징후는 영국에서는 『아라비안나이트Arabian Nights Entertainments』로 더 잘 알려진 『천일야화A Thousand Nights and a Night』에서 찾아볼 수 있다. 이 작품은 일찍이 프랑스에서 1704년에, 그리고 그로부터 삼 년 뒤에는 영국에서 각각 처음으로 출간되었다. 근대 추론을 위한 길을 닦는 데 강력한 한 방을 날린 사람은 『자디그Zadig; or the Book of Fate』(낭시:르수르, 1748; 런던:존 브린들리, 1749)[2]를 쓴 볼테르였다. 유프라테스 강둑에 있는 자신의 시골집 근처를 산책하고 있던 철학자 자디그는 사라진 여왕의 개와 사라진 왕의 말의 탐색에 휩쓸리게 된다. 셜록 홈즈가 해치운 그 어떤 것들만큼이나 풍자적이고 놀라운 추론들을 펼쳤음에도 불구하고, 사라진 동물들을 자세히 묘사한 자디그는 그 동물들을 훔친 도둑으로 체포된다. 자디그는 왕의 '성스러운' 승용마와 여왕의 '빛나는' 스패니얼이 발견됨으로써 채찍질과 시베리아 유배에서 자신을 구했다. 그럼에도 불구하고 그는 '보지도 않고 틀림없다고 주장한 것에 대한 허위 진술 때문에' 금 사백 온스의 벌금형에 처해졌다.

항소가 허락되어 자디그는 자신이 맞닥뜨린 사건에 대해 날카롭고 놀랄 만한 추론을 펼치며 무죄를 주장한다. '자디그의 깊은 통찰력에 재판관석의 모든 재판관들은 깜짝 놀랐지만,' 그럼에도 불구하고 왕과 왕비의 몇몇 측근들은 그가 마법을 썼으므로 화형에 처해야 한다고 주장한다. 그러나 벌금형이 적절하다고 생각했던 왕은 독단적인 결정으로 자디그가 냈던 벌금을 돌려주

2 볼테르 전기를 쓴 벵게스코의 언급에 따르면 『자디그』의 초판본은 『Memnon, Histoire Orientale』이라는 제목으로 1747년에 출간되었다. 그러나 쥘 르 프티는 최초의 판본은 1748년에 출간되었다고 지적하였다.

라고 명령한다.

어쨌든 그 추론 때문에 거의 치명적인 곤란을 겪는다. 법정 서기와 하급 관리들은 금 사백 온스를 돌려주기 위해 자디그의 집으로 가서 '법정 수수료를 지불'하라고 '점잖게' 말하며 삼백구십 온스를 돌려주지 않았다. 당연히, 자디그는 낙담했고, '남달리 현명한 것이 매우 위험하다는 것을 온전히 깨닫는다.' 그는 직업적으로 조사 업무를 하려는 생각은 하지도 못했기 때문에 자신이 한 일에 대한 책임을 져야 했다. 후에 국사범이 감옥에서 탈출했을 때, 그들이 자디그에게 자문을 구하지만 자디그는 거절한다. 그 때문에 그는 즉석에서 금 오백 온스의 벌금형에 처해진다. 자디그는 그들의 자의적인 판결에 대해 감사하며 탐정의 일을 포기한다. 추리 문학의 엄청난 손실이라고 할 수 있다. 그럼에도 불구하고 자디그는 뒤팽, 홈즈 등[3]의 진정한 조상이다.

3 피터 하워스가 편집한 한 권짜리 『스코틀랜드 야드 시대 이전: 사기와 추론에 관한 이야기』(옥스퍼드: 배실 블랙웰, 1927)는 요람기 탐정들에 대한 가장 훌륭한 컬렉션이다. 미국에는 『역사와 픽션상의 고전 범죄들』(뉴욕: D. 애플턴, 1927)이라는 제목으로 출간되었다.

Ⅱ 시조

탐정소설은 거의 한 세기 동안이나 별다른 발전이 없었다. 『애틀랜틱 수버니어: 크리스마스와 새해 선물』(필라델피아 리 캐리 앤드 캐리 출판사에서 1827년 말에 출간되었다)에는 '『바다에서의 여가 시간』의 저자(윌리엄 레깃)가 쓴' 「라이플」이라는 단편이 실려 있다. 이 이야기는 볼테르에서 포로 넘어가는 과도기를 완벽하게 보여 준다. 젊은 의사가 늙은 사냥꾼을 죽인 죄로 피소된다. 증거가 너무 결정적이라서 의사는 유죄로 판결이 나고 교수형이 언도된다. '우리의 영웅이 무죄라는 확신을 가진' 또 다른 사냥꾼 짐 벅혼이 피의자의 무죄를 밝히는 데 착수한다. 일찍이 1827년에 작가는 단순히 치정 싸움을 해결하는 수단으로 그 퍼즐에 해답을 냈다. 짐 벅혼은 교수형 집행일 전날 진범의 알리바이를 깨고, 탄도학 추론으로 설득력 있게 그가 유죄임을 입증한다.

이 단편에 나오는 등장인물들의 이름은 디킨스 이전에 지어진 것이다. 피의자 찰스 리빙스턴 의사, 희생자 실버사이트 씨, 치안판사 로턴, '우리의 영웅을 변호한' 블랜들리 변호사, 총기 제작자 드릴 씨, 그리고 '사건의 진짜 범인'으로 드러난(곧 그림자가 걷히게 된다!) 군보안관 대리 케일럽 럼리. 「라이플」은 나중에 어느 시골 학교 교사라는 익명의 저자로 표기되어 『이야기와 스케치Tales and Sketches』(뉴욕: J & J 하퍼, 1829)에 포함되었다. 작가 윌리엄 레깃은 윌리엄 컬런 브라이언트1794~1878. 시인이자 편집자의 가까운 동료였고, 두 사람은 1829년에서 1836년까지 뉴욕 《이브닝 포스트》의 편집자였다.

단편 탐정소설이 성장하던 이 시기에 궁극적 소설의 형식은 두 가지 요소에 의해 엄청나게 고무되었다. 영국에서 출간된 보우 스트리트 러너Bow Street Runner들의 회고담과 영국과 프랑스에서 비도크 회고담이 출간된 것이었다. 보우 스트리트 러너는 영국 최초의 직업적 탐정이었다—헨리 필딩은 1829년 영국 최초로 로버트 필 경에 의해 공식적인 경찰이 태동하기 전에 그 막을 열었다. 『보우 스트리트 경찰 연대기』(런던: 챕맨 앤드 홀, 1888)에서 퍼시 피츠제럴드1834~1925. 아일랜드 작가이자 비평가는 우리에게 이 초기 경찰들에 대한 진짜 모습을 보여 주었다. "'보우 스트리트 러너'는 대중적으로 탐정 기술의 기적이 될 것이라고 여겨졌다. 그렇긴 하나 19세기 초에 범죄의 적발을 위해 보우 스트리트에 설립된 경찰 기관은 현대 경찰들이 미소를 지을 만한 규모였다. 조사와 추적, 그리고 범인의 체포는 채 여덟 명이 안 되는 소수의 경찰이 지휘하였다. 그러나 이들은 경찰들의 우두머리격이었던 조너선 와일드가 고안한 특수한 경찰학교에서 강도 높은 훈련을 받은 사람들로, 연습과 훈련을 통해 기술을 습득한 사람들이었다. '보우 스트리트 러너'는 강도와 도둑에게는 공포의 이름이었고, 그들이 입은 붉은 조끼를 도처에서 볼 수 있었다."

찰스 디킨스는 『올리버 트위스트Oliver Twist』에서 블레이더스와 더프라는 이름의 '보우 스트리트에서 온 두 경찰'을 묘사한다. "문을 두드린 남자는 중키에 구레나룻이 있는 둥그런 얼굴, 날카로운 눈매, 윤기 있는 검은 머리를 아주 짧게 자른 통통한 오십대였다. 다른 사람은 승마 부츠를 신은 빨강 머리의 깡마른 남자로 약간 못생긴 들창코였다."

아직까지 유일하게 남아 있는 보우 스트리트 러너에 관한 중요한 당대 이야기는 『리치먼드: 어느 보우 스트리트 경찰의 개인적인 기록으로 작성된 그의 삶의 범죄 현장들』(런던: 헨리 콜번, 1827)이라는 제목의 세 권짜리 책으로 토머스 개스페이 덕분에 작자 미상으로 출간되었다. 이야기들은 대개 채록된 허구이나 미미하게나마 근대 탐정소설 탄생의 기반이 되었다.

반면 프랑수아 외젠 비도크의 『비도크 회고록』(파리: 텅노,

1828~1829)은 미래의 탐정소설 작가들, 특히 포에게 엄청난 영향을 미쳤다. 스스로 인정한 도둑이자 서커스 공연자이자 부랑자이자 탈옥수이며 끝내는 '도둑 잡는 왕'이었던 비도크[1]는 오리무중에 빠진 사건의 범인 추적자라고 칭해야 할 것이다. 프랭크 워들리 챈들러1873~1947. 미국의 문학 연구가는 『사기의 문학』(보스턴: 호튼 미플린, 1907)에서 다음과 같이 썼다. "악한에서 탐정으로의 문학적 변신을 꾀하기 위해 그는 자신의 회고록을 발간할 필요가 있었고, 그것은 확실한 영향을 끼쳤다." 비도크 '회고록'은 『비도크의 회고』(런던: 헌트 앤드 클라크, 1828; 휘태커, 트리처 앤드 아르노, 1829)라는 제목으로 영국에서 처음 출간되었고, 미국에서도 같은 제목(필라델피아: E. L. 캐리 앤드 A. 하트, 1834)으로 출간되었다.

이윽고 1837년에 미국의 유명 작가가 근대 작법의 문턱에서 범죄에 관한 이야기를 발전시켰다. 너새니얼 호손의 단편집 『진부한 이야기들』(보스턴: 존 B. 러셀, 1837)에는 미스터리와 수수께끼가 담긴 단편이 몇 편 수록되어 있다. 그중 가장 뛰어난 작

1 얼마나 오랫동안 비도크가 단편소설 작가들에게 영향을 미쳤는가에 대한 기록은 흥미롭다. 거의 백 년 후 O. 헨리는 단편집 『구르는 돌』에 비도크 풍자극 두 편을 포함했다. O. 헨리는 그에게 영감을 받아 자신의 작품에 나오는 탐정에게 다음과 같은 이름을 붙였다—틱토크!

품이 「히긴보텀 씨의 재난Mr. Higginbotham's Catastrophe」이다. 이 단편에 대해 빈센트 스타렛시카고 출생의 소설가, 저널리스트, 시인, 에세이스트. 홈즈 연구가로서 더 잘 알려져 있다은 다음과 같이 말했다. "이 단편은 가장 순수한 의미에서 탐정소설에 가까운 단편이다." 그리고 호손과 동시대를 살았으며 권위를 대표하는 추리소설의 시조 에드거 앨런 포는 다음과 같이 평했다. "「히긴보텀 씨의 재난」은 매우 독창적이며 매우 교묘한 작품이다." 최고 거장으로부터의 극찬이라고 할 수 있다.

1841년 4월에는 우리가 기념할 만한 날이 있다. 미국 펜실베이니아 주 필라델피아의 《그레이엄스 매거진》에 근대적 의미의 세계 최초 추리소설이 실렸다. 에드거 A. 포는 「모르그 가의 살인The Murders in the Rue Morgue」에서 이 대단찮은 행성에 세계 최초로 완전한 자격을 갖춘 탐정 C. 오귀스트 뒤팽을 소개하고 있다. 포의 첫 탐정소설에는 이전에 없던 모든 것이 들어 있었다. 과거의 서투른 기법을 뛰어넘은 이 단편에는 미숙한 구석이 없었고, 단순한 선구적 또는 실험적 노력의 산물도 아니었다. 이 작품은 대담하게 알껍데기를 깨고 나온 진일보한 탐정소설이었으며, '나무랄 데가 없는 완전무결한 작품'으로, 기술적으로나 예술적으로 누구나 인정하는 걸작이었다. 도로시 L. 세이어스는 포의 첫 탐정소설을 두고 "그 자체로 탐정의 이론과 실제의 거의 완벽한 지침"이라고 표현했다.

그 후 삼 년간 포는 세 편의 탐정소설을 더 썼다. 오늘날 보기에 믿기지 않지만 포의 추리 이야기들은 동시대 작가들을 흥분시키는 데 실패했다. 이것은 탐정소설이 포함된『이야기들』초판본이 미국에서 출간된 후 십육 년 동안 다음 쇄를 찍지 못했다는 믿을 수 없는 사실로 증명된다! 한 세기 전 볼테르처럼 포는 낙담하였고, 범인을 쫓는 이야기에서 손을 뗐다. 하지만 그는 자신의 족적을 남겼다—수천 명의 초보 작가와 수백만 명의 독자가 따르는 성배가 된 불후의 유산을.

따라서 우리는 최초이자 최고이며, 어떤 독자에게든 어떤 수집가에게든 추리소설의 지표로서 초석의 초석이 되며, 가장 높은 곳 중에서도 가장 높은 곳에 있는, 추리소설 가운데 첫 번째로 중요한 책을 알게 되었다.

1. 이야기들Tales ***HQR***

에드거 앨런 포, 뉴욕: 와일리 앤드 퍼트넘(1845)

처음으로 책이 되어 나온 1845년 판본에는 뒤팽이 등장하는 세 편의 이야기가 모두 포함된다—「모르그 가의 살인」, 「마리 로제 수수께끼The Mystery of Marie Rogêt」, 「도둑맞은 편지The Purloined Letter」. 그리고 「황금 벌레The Gold-Bug」 또한 포함되어 있지만 포의 네 번째 추리소설인 「범인은 너다Thou Art the Man」는 포함되지 않았다. 이 작품은 그리즈울드 판본으로 알려진 『에드거 앨런 포 유고 작품집 II』(뉴욕: J. S. 레드필드, 1850)에 처음 실렸다. 어쨌든 당신이 뒤팽 3부작의 나머지 두 편을 뺀 「모르그 가의 살인」만 실려 있는 책의 진짜 초판본을 원한다면 어마어마하게 희귀한 포의 문헌집 가운데 단 열 부만이 존재한다고 알려진 것—1843년 필라델피아의 윌리엄 H. 그레이엄이 출판한 팸플릿 시리즈의 처음이자 유일한 넘버인 『에드거 앨런 포 산문집 No. 1』— 중 하나를 구매해야 할 것이다. 이 팸플릿 책자는 12.5센트에 판매되었지만 지금은 상태가 좋다면 이만오천 달러[2]를 지불해야 할 것이다. 이 가격이 주머니 사정에 비해 너무 천문학적인 숫자라면, 눈높이를 조금 낮춰 1845년 판본 『이야기들』을 생각해 보자. 이 책은 상태에 따라 백 달러에서 사천 달러의 가격표가 붙어 있을 것이다. 1845년에 출간된 『이야기들』은 750부 정도 인쇄되었다고 알려져 있다. 많은 책들이 분실되거나 소멸되었다는 것을 고려하면 현존하는 책은 이백 부 정도라고 보는 게 맞을 것이며, 그중에서 단 "다섯 부(초판 1쇄인)만이 원본 겉표지가

2 오늘날 가장 희귀한 이 책자는 출간 후 십일 년 뒤이자 포가 사망한 후 오 년 뒤인 1854년에는 원래의 판매 가격에서 그 가치가 거의 오르지 않았다. 뉴욕 시 풀턴가 178번지에 있는 서점의 주인이자 서적상인 윌리엄 고언스는 그가 1854년에 재간행한 도서 목록에 그 한 권을 올렸다. "고언스의 미국 도서 카탈로그, 정찰가 도서 판매중."—그리고 그 책자의 가격은 38센트였다!

있다고 알려져 있다."[3] 『이야기들』의 시가가 여전히 터무니없다면 잘 아는 중고 서적상에게 1904년에 『무슈 뒤팽』이라는 제목으로 출간된 필립스 맥클루어(뉴욕) 판본을 구할 수 있는지 문의하라. 이 훌륭한 단편집에는 위에 언급한 다섯 편의 단편이 모두 실려 있고, 은행 계좌에서 단지 몇 달러만 빠질 것이다.

하지만 만약 서적상이 책의 면지나 약표제지에 철자를 생략하지 않고 'Edgar Allan Poe'라고 쓰인, 저자의 사인이 있는 포의 책을 권한다면 그 사인에 오 센트 이상 지불하지 마시라. 포의 사인이 있는 책은 간혹 초판본보다 더 가격이 비싸기도 하다. 하지만 매수자 위험부담 원칙이라는 것이 있다. 포는 사인을 할 때 자신의 미들네임은 이니셜 A.로만 표기한다.

국제적으로 유명한 애서가이자 희귀본 수집가인 A. S. W. 로젠바흐 박사는 『이야기들』을 일컬어 '인간의 손에서 태어난 가장 훌륭한 단편집'이라고 말했다. 그리고 로젠바흐 박사는 다음과 같이 덧붙였다. "만약 내가 주머니에 한 권의 책을 넣은 채 죽어 발견된다면, 부디 그 책이 「모르그 가의 살인」 초판본이기를!"

3 『1900년 이전에 출간된 백 권의 영향력 있는 미국 도서들』에서 인용.

Ⅲ 초기 50년

미국과 미국 작가들이 거의 이십 년 동안 포의 문학적 발명을 무시하는 사이 그의 고귀한 실험의 씨는 영국에서 단단히 뿌리를 내리고 발아한 다음 풍성한 열매를 맺었다. 1850년 찰스 디킨스는 친구였던 사복형사들의 진짜 경험에 기초한 경찰 관련 기사를 씀으로써 영국 작가들에게 충격을 주었고, 그들은 자신들의 문을 두드리는 기회의 노크 소리를 들었다. 거의 반세기(1850~1894) 동안 그들은 경찰 '회고록'들을 쏟아 냈다. 소위 이렇게 현실에 기반을 둔 '일기문학'이라고 불리는 것들의 대부분은 익명이나 필명으로 저질 글쟁이들에 의해 쓰인 얄팍한 허구에 불과했다. 지극히 대중적이며 말 그대로 엄청나게 읽힌 이 '폭로'성 글들은 심연 속으로 사라졌다. 오늘날 이 폭로성 글들은 자그마치 예순 가지가 넘는 다른 제목들로 알려져 있다.[1] 살아남은 것들은 찰스 마텔(토머스 델프), 제임스 맥레비, 앤드루 포레스터 주니어, 앨프리드 휴스, 윌리엄 헨더슨, 제임스 페디, 그리고 이 무리들 중에 가장 유명하며, 이야기에 1인칭을 도입

1 『그의 19세기 소설: 자신의 수집 도서에 기초한 서지 기록』(런던: 컨스터블, 1951) 마이클 새들레어도 이 분야에 관해서 육십 권이 조금 안 되는 서적 목록을 갖고 있었다. 이것들 중 우리가 반평생을 바쳐 조사하고 연구한 후 찾아낼 수 있는 것들이 얼마나 될까. 누렇게 바래고 모서리가 접힌 영원불멸의 서적만이 우리에게 알려진 극소수의 서적들이다. 그리고 우리가 고통스럽게 수집해 온 사십 권 남짓한 서적들 중 몇몇은 초판본이 아니거나 초기 판본이나 책의 형태도 아니었으며, 대다수가 원래 상태 그대로 보존되어 있지 않았다. 이러한 가짜 수기들은 매우 구하기 어렵다. 새들레어 씨의 말을 인용하자면, "그것들 대다수는 요즘 매우 구하기 힘들어서 존재 자체가 거의 알려져 있지 않다"고 했다.

새들레어 씨의 경찰 '경험' 관련 저서는 개인 수집품으로 가장 규모가 크다는 평판을 듣고 있다. 그러나 그는 제임스 맥레비의 유명한 『에든버러의 기이한 범죄들』(에든버러: 윌리엄 케이 혹은 윌리엄 P. 니모, 혹은 둘 다, 1861—출판업자가 누군지 여전히 알아내지 못했다. 새들레어 씨와 존 카터를 포함한 대부분의 권위자들은 후자라고 주장하지만 우리는 우리가 소유한 책에 나와 있는 1861년 판본을 근거로 하여 전자 쪽으로 기우는 편이다. 우리가 소유한 책에는 저자가 쓴 '이것을 1860년 12월 28일에'라는 문구가 쓰여 있다)을 소유하지 못했다. 새들레어 씨가 소유한 책은 1867년에 다시 간행된 것이다.

이 누렇게 바랜 책들의 제목에 나타나는 변종 키워드는 리얼리즘과 허구의 의도된 교배를 보여 준다. 앞서 언급했던 이러한 제목들—회고록, 일기, 폭로, 경험, 기이함—에 다음과 같은 말들이 더해진다. 기억, 고백, 수기, 감시, 비밀, 실록, 체험, 기록, 공책 사이에 끼워 둔 낙엽, 일기장에 끼워 둔 낙엽, 등등.

함으로써 공적을 남긴, '워터스'라는 필명을 쓴 윌리엄 러셀의 저작에 포함되어 있다. 이 '운 좋은 시기'에 대표적인 초석으로서 우리는 그 시대의 가장 중요한 범죄학적 가치가 있는 선정 소설을 목록에 넣었다.

2. 수사관 회고록Recollections of a Detective Police Officer[2] ***H-R***

워터스, 런던: J. 앤드 C. 브라운, 1856

토머스 워터스 덕분에 진짜 초판본이 『경찰 회고록』(뉴욕: 코니시, 램포트, 1852)이라는 제목으로 출간되었다. 이 판본은 《체임버스 에든버러 저널》과 몇몇 미국의 잡지에서 허락 없이 베낀 해적판으로 사료된다. 미국판 서문에 당시 편집자는 다음과 같이 썼다. "디텍티브 폴리스맨이라는 직종은 어떤 면에서 지난 이십 년간 영국에서 발전해 온 영국 특유의 것들 중 하나다. 디텍티브 폴리스맨은 지금의 경찰들이 예전 야경꾼과는 다른 것처럼 유럽 대륙의 스파이나 정보원과는 매우 다르다. 사실상, 디텍티브 폴리스맨은 탐정만큼이나 범죄를 예방하기 위한 차원에

2 같은 제목으로 영국에서 두 번째 시리즈(런던: W. 켄트, 1859)가 출간되었다. 이 두 번째 단편집에 실린 여덟 편의 이야기 중 다섯 편이 『위대한 형사의 전기』(뉴욕: 프랭크 투시, 1884. 1. 3)라는 제목의 다임 노블로 출간되었다.

서 활동하는 사람이다. 디텍티브 폴리스맨이라는 직업은 위험한 만큼 명예롭다. 그 직업이 어렵고 위험하다는 점에서 낭만적인 느낌이 전해진다. 구사일생으로 위기에서 벗어난 기록들을 보면 다음과 같은 속담이 또다시 입증된다. '진실은 허구보다 위험하다.'"

다음 단계인 '사립 탐정으로 진화'는 윌키 콜린스가 주도했다. 그의 단편 「사람이 오만하면The Biter Bit」은 탐정소설에 코미디를 가미한 단편으로 그동안 유례를 찾아 볼 수가 없었던 작품이다. 당시의 범죄학적 관습에 따라 그 이야기는 '런던 경찰의 서신에서 발췌한 것'이었다. 딕스턴 경감과 불머 경사, 그리고 3부로 나뉜 이야기 중 두 번째에 등장하는 경찰 초년생 매슈 샤핀이 주고받는 서신들에 관한 내용이다.

3. 하트 퀸The Queen of Hearts *HQR*

윌키 콜린스, 런던: 허스트 앤드 블래킷(1859)

오늘날보다 한 세기 전에는 탐정소설이 더욱 많은 위신을 요구했다. 「사람이 오만하면」은 「누가 도둑인가?」라는 제목으로 미국의 어떤 잡지에서 소개되었다. 그렇다면 이 유쾌한 탐정소설은 1858년 4월 당시에 어떤 잡지에서 소개되었을까? 다름 아닌 《애틀랜틱》이다! 아, 그렇지만 당신은, 윌키 콜린스라는 명성이 있으니 《애틀랜틱》에서 실어 주었을 거라고 말할 것이다. 과연 그랬을까. 그때는 아직 『흰 옷을 입은 여인The Woman in White』이 나오기 이 년 전이었고, 『월장석The Moonstone』이 나오기 십 년 전이었다. 사실상 1858년에 윌키 콜린스는 미국에 알려지지 않았다. 더욱이 그 단편은 작가의 이름도 소개되지 않고 《애틀랜틱》의 신성한 페이지에 게재되었다.

윌키 콜린스의 강도와 로맨스에 관한 잡탕 이야기를 바싹 좇아 탐정소설에 가장 중요한 공헌을 한 찰스 디킨스의 단편 「추적」이 그 뒤를 이었다. 인정하건대 「추적」은 디킨스의 걸작 중 한 편이라고는 할 수 없는 반면, 현실적 탐정 기법에 입각한 매혹적인 이야기이며 엄밀히 말해 이 장르를 배우는 모든 학생들에게 읽을 가치가 있는 단편이다. 악명 높은 독살범 토머스 그리피스 웨인라이트의 경력에서 영감을 얻은 이 이야기는 현실 세계를 정교한 빅토리아 시대 멜로드라마로 변형시켰다.

4. 추적Hunted Down *HQR*

찰스 디킨스, 라이프치히: 베른하르트 타우흐니츠(1860), 런던: 존 캠던 호텐(1870)

단행본 『추적』에는 복잡한 서지학적 역사가 있다. 미국에서의 첫 출간 책은 영국판보다 구 년 앞섰다. 그 책에는 「가스등 점등원의 이야기The Lamplighter's Story」(필라델피아: T. B. 피터슨,

1861)가 포함되어 있다. 『추적』은 보통 디킨스의 크리스마스 이야기들 중 하나로 여겨지지 않지만, 큰 의미에서 죄와 벌에 관한 모든 이야기가 크리스마스 우화가 아닐까? 잔인하고 교활한 살인이 응징됐을 때, 정의가 승리했을 때, 선이 악을 정복했을 때, 분명히 그것은 지구상의 평화와 인간에 대한 호의라는 옳은 방향을 향해 발걸음을 내딛는 것이다. 그리고 찰스 디킨스보다 인간에 대해 호의를 갖는다는 의미를 더욱 깊이 이해한 작가는 없다. 그의 탐정소설에서조차…….

세상이 창조되었을 때, 남자가 처음 생겼고 여자가 두 번째였다. 소설에서 탐정이 창조되었을 때, 남자가 다시 처음 생겼고, 여자가 두 번째였다. 그래서 남자가 탐정이 되도록 정해졌다. 포의 뒤팽을 소설 속 탐정의 아담이라고 생각한다면 이브는 누구일까? 신은 말했다. "남자가 혼자 있는 것은 좋지 않으니 그의 일을 거들 짝을 만들어 주리라." 그리고 남자에게서 갈비뼈를 빼내 여자를 만드셨다. 그리하여 허구의 탐정이 생겨났다. 뒤팽의 탄생 후 이십 년 만에 어떤 무명작가가 첫 여자 탐정을 탄생시켰고, 따라서 그녀의 기원은 미스터리에 싸여 있으며 우리는 여전히 그녀의 탄생에 대해 잠정적인 자료만 갖고 있다.

5. 어느 숙녀 탐정의 경험The Experiences of a Lady Detective *H-R*

런던: 찰스 H. 클라크(1861)

우리는『어느 숙녀 탐정의 경험』이 책으로 존재한다는 것을 정말 알고 있지만 그 책을 눈으로 본 적은 없다. 속편은『어느 숙녀 탐정의 폭로』(런던: 조지 비커스, 1864)라는 제목으로 삼 년 뒤에 출간되었고, 이 두 번째 시리즈로 우리는 파스칼 부인이 페티코트를 입은 첫 탐정이라는 것을 알게 되었다. 그녀는 (그녀 자신의 말에 따르면) 남편이 갑자기 죽고 곤궁한 상황에 놓였을 때 즉시 이 낯설고 흥미롭고 신비한 직업에 뛰어들었다. 어떤 제안은 (여전히 그녀의 말을 인용하여) 그녀를 특이한 경로로 이끌었다. 그녀는 주저 없이 그 제안을 수락했고, "사람들의 두려움의 대상이 되었지만 숙녀 탐정이라는 호칭은 사람들에게 거의 알려지지 않았다." 그때 그녀는 마흔에 가까운 나이였다(탐정 문학에서조차 인생은 사십부터). 그녀 자신이 말하는 파스칼 부인은 활기차고 영리했다. 좋은 집안에서 태어나 좋은 교육을 받은 그녀는 용기와 힘과 교활함과 자신감과 기지가 끝없이 요구되는 어떤 사건과 상황에서든, 재주 많은 여배우처럼 자신의 역할을 잘 수행했다. 이것은 여자들의 삶이 바뀌지 않았던—현실에서든 소설 속에서든—거의 백 년 전 일이었다.

1862년에 토머스 베일리 앨드리치는 단편 탐정소설에 특이하고 흥미로운 기여를 했다—그 기여는 오늘날 완벽히 잊혔다. 읽히지 않았다는 단순한 이유 때문에 완벽하게 알려지지 않았다.

6. 정신 나간 남자Out of His Head ***HQR***

토머스 베일리 앨드리치, 뉴욕: 칼턴(1862)

『정신 나간 남자』의 11장에서 14장(각각 「발레리나」, 「미스터리」, 「범인은 너다」, 「폴의 고백」이라는 제목으로)은 대략 오천 단어로 된 짧은 탐정소설이다. 앨드리치의 중편 소설에서 발췌한 이 부분들은 포에게 막대한 빚을 지고 있음을 드러낸다. 앨드리치 자신이 명문을 구사함에도 불구하고 그 스타일은 포의 영향을 받았음을 분명히 보여 주며, 기본 구성은 「모르그 가의 살인」에서 따왔음이 분명하다. 그러나 그의 탐정 캐릭터 폴 린드("이것저것을 모두 고찰하는 것이 나만의 방식이다!")와 구성의 명확한 양식으로, 앨드리치는 탐정소설 발전에 적어도 세 가지 중요한 요소를 더했다. 첫째, 그는 포의 '밀실'에 대한 최초의 미국적인 변형을 창조했다. 둘째, 그는 포가 창조한 괴짜 탐정의 전통을 계승한 데다, 보다 극단적인 성격 묘사를 밀어붙였다—앨드리치의 탐정은 단순히 괴짜가 아니다. 그는 미친놈이다. 셋째, 앨드리치는 탐정 자신이 저지른 살인에 책임을 져야 한다는 의미에서 주인공이 탐정일 뿐 아니라 살인자이기도 하다는, 아마도 탐정소설 역사상 가장 빨랐음이 분명한 전례를 썼다. 이러한 기술적인 발전에 더하여 앨드리치의『정신 나간 남자』는 포의『이야기들』출간 이후 단행본의 형태로 미국인에 의해 쓰인 첫 탐정소설이라는 사실을 담고 있으며—길고 삭막했던 십칠 년이라는 세월을 딛고 처음으로!—그것이 얼마나 뒤늦은 일이든, 앨드리치의 '알려지지 않은' 실험 정신에 역사적 중요성을 부여해야 한다.

지금까지 순수한 추리소설에 가까운 우리의 초석들에는 세 가지 필수적인 구성 요소가 있었다. 첫째, 추리소설에는 사건을 간파하는 탐정이 있어야 한다. 둘째, 탐정이 주인공이어야 한다. 그리고 셋째, 주인공은 거의 모두 예외 없이 사건을 해결해야 한다—즉, 남자든 여자든 주인공은 살인자의 정체를 밝혀야 하고, 도둑을 잡아야 하고, 사기꾼에게 덫을 놓거나 협박범을 저지해야 한다. 그러나 범죄자가 주요 캐릭터이며, 법에 한 수 앞서는 범인의 이야기는 어떨까?

'역 탐정'으로 대변되는 반영웅은 단편에서는 아직 그의(혹은 그녀의) 껍질을 깨지 못했다—그는 여전히 발아중이었다. 탐정의 세계는 어떤 사건 앞에 어떠한 전조가 나타나게끔 구성되어 왔다.

7. 뜀뛰는 개구리 *HQR*

The Celebrated Jumping Frog of Calaveras County

마크 트웨인, 뉴욕: C. H. 웨브(1867)

단편에서 최초로 범죄가 우위를 점한 중요한 전조로서 마크 트웨인의 「뜀뛰는 개구리」를 들 수 있다.

지방색이 물씬 풍기는 이 인정받은 고전은 사기 범죄소설의 초기 대표작이다. 이 말에 놀랐다면 마크 트웨인의 속임수에 관한 이야기를 다시 읽고 자문해 보라. 짐 스마일리의 개구리 대니얼 웹스터의 배에 메추라기 사냥용 총알을 가득 채운 저 번지르르한 이방인이 얼마나 영리한 야바위꾼인지.

이제 단편 탐정소설에 처음으로 중요한 기여를 한 프랑스로 눈을 돌릴 때다. 그리고 그것은 오로지 프랑스 최초로 탐정소설을 쓴 위대한 장인에 의해 일보를 내디딘 문학적 정의正義다.

8. 바티뇰의 작고 늙은 남자Le Petit Vieux Des Batignolles *HQR*

에밀 가보리오, 파리: E. 뎅투(1876), 런던: 비제텔리(1884)

표제작인 「바티뇰의 작고 늙은 남자」는 메시네 형사가 등장하는 중편 소설이지만 이 책에는 「실종」이라는 단편 또한 실려 있다. 여기에는 루아 드 시실르 가의 존경할 만한 장인匠人 테오도르 장디디에의 실종을 수사하는 마글루아르 영감이라는 별명의 '유명한' 형사 르티보가 등장한다. 역사적으로 중요한 이 단편은 전형적인 가보리오 살인 문학의 세밀화이다. 현대적 입맛에는 장황하지만 프랑스적 열정과 추론적 현실주의를 좋아하는 프랑스 입맛에는 딱 맞는 작품이다. 가보리오의 색깔이 드러나는 이 단편 내용을 살펴보자. 예를 들어, 장디디에가 '사라졌다'는 사실을 알게 되었을 때, 우리는 경고가 퍼지는 소리를 듣고, 신중한 사람들이 리볼버나 칼이 든 지팡이에 돈을 투자한다는 말을 들었다. 마글루아르 형사는 "에너지가 넘치며 시간의 가치를 열렬히 믿는 사람이며…… 그의 민첩함은 소문이 나 있다"고 묘사된다. "주요 용의자인 자개 세공사 쥘 타로는 조개껍데기에 광을 내 무지갯빛 진주 색깔이 잘 드러나게 하는 최고급 기술자다", "모든 서랍이 열려 있고 모든 선반이 주의 깊게 파헤쳐졌을" 때, 그리고 마글루아르가 "구석구석을 뒤지고, 침대의 매트리스와 베개, 의자의 충전재를 갈기갈기 찢었지만 아무 소용없었고…… 수상쩍은 것이 아무것도 발견되지 않았을" 때, 그것은 고전 숭배자들의 심장을 매우 뛰게 할 만한 멋진 추론의 순간이다. 셜록 홈즈를 예견한 듯 형사가 중얼거릴 때는 향수를 불러일으키는 순간이기도 하다. "특이하다." 극단적으로 도덕적인 남자가 증권거래소의 투기꾼으로 밝혀지고, 고결한 남편이 첩을

둔 사실이 드러나는 '뜻밖의' 대단원이란.

아, 그 영광은 선혈이 낭자했고, 장엄함은 전율이었다! 번역자의 주석조차 범죄학적 매력이 있다. "파리 경비원이나 수위의 상당수는 경시청의 비밀 요원이라는 사실을 기억해야 한다." 끝으로, 지극한 추적의 기쁨을 누리기 위해 경찰은 자신의 실패를 인정하고 위대한 무슈 르콕을 찾아가 올바른 추적을 해야 한다. 이제는 진부해진 이 모든 장치들은 추리소설 역사에 진정으로 반짝반짝 빛나는 역사적인 순간들이다.

이 시기 영국에서 제임스 맥고번이라는 필명을 쓰는 작가가 인기를 얻기 시작했다. 그의 책들은 쇄를 거듭했다. 오늘날 그의 필명은 열성 팬들에게만 알려져 있으며, 그의 첫 책은 유례가 없는 작품이다.

9. 궁지에 몰리다Brought to Bay ***H-R***

제임스 맥고번, 에든버러: 존 멘지스(1878)

우리가 가진『궁지에 몰리다』에는 맥고번이 자신의 정체를 드러내는 제사題詞가 전면 가득 적혀 있는데, 아마도 수기로 쓴 것이든 인쇄된 것이든 자신이 맥고번이라는 것을 인정한 유일한 때일 것이다. 그 제사는 다음과 같다. "Wm C. 허니먼William Crawford Honeyman(1845~1919). 스코틀랜드의 음악가이자 작가이 이 선의의 거짓말에 관한 단편집을 데이비드 L. 크롬에게 바칩니다.” 영국의 작가 에이전트로 잘 알려진 크롬 씨의 말에 따르면 ‘맥고번’은 안짱다리의 키가 작은 남자로, 검고 뾰족한 턱수염을 길렀으며 언제나 벨벳 재킷을 입었다. 그의 주된 관심사는 바이올린 연주였고, 그가 바이올린 케이스 없이 다니는 모습을 거의 본 적이 없다고 한다. 뉴포트온테이에 있는 그의 집 이름은 실제로 크레모나명품 바이올린 제작으로 유명한 북부 이탈리아의 도시였다. 종종 사실은 허구보다 낯설다. 전통적으로 괴짜라고 일컬어지는 상투적 탐정 캐릭터의 완벽한 묘사가 아닐까?

흥미로운 이야기를 하는 김에, 대단한 조지 버나드 쇼는 1879년에 첫 번째이자 유일한 탐정소설을 썼다. 셜록 홈즈가 데뷔하기 팔 년 전 일이었다. 1945년 11월 16일 자 《존 오 런던스 위클리》에 실린 F. E. 로웬스타인의 서신에 따르면 그 작품의 제목은 「카인의 낙인」이었고, 사진은 때로 육안으로 보이지 않는 피부 위의 자국을 드러낸다는 정밀한 과학적 사실에 기초한 이야기였다. 예를 들면 곪아서 눈에 띄기 전의 작은 매독 농포 같은 것 말이다. 이 작품에서는 여자가 남편을 살해한다. 남편이 아내의 얼굴에 자신의 이니셜을 새기기 위해 달군 낙인을 찍으려고 엎치락뒤치락하는 와중에 아내가 남편을 죽인다. 아내는 경찰이 보기 전에 그 상처를 감춤으로써 체포를 면한다. 하지만 후에 그녀는 사진사의 권유로 증명사진을 찍게 되었고, 사진사는 암실에서 네거티브 필름 상에 있는 이해할 수 없는 자국을 발견한다. 그 자국은 결국 '카인의 낙인'으로 밝혀진다.

오늘날 버나드 쇼의 어마어마한 명성으로 미루어 볼 때 이 이야기의 출판 역사는 거의 믿기 어려울 정도다. 그는 이 이야기를 1879년에 《콘힐》, 《블랙우즈》, 《체임버스 에든버러 저널》을 포함하여 당시 최고의 영국 잡지 여섯 군데에 보냈다. 그들은 모두 감사의 말과 함께 퇴짜를 놓았다. 사 년 후에도 그 이야기는 여전히 팔리지 않았다. 쇼는 기자들에게 준비된 칼럼을 제공하는 잡지사인 버밍엄 소재 《혹스 앤드 핍스》에 마지막으로 남은 원고 사본을 보냈다. 아무런 연락을 받지 못했던 쇼는 1884년 1월에 잡지사로 연락하여 어떻게 됐는지 물어보았고, 그는 《혹스 앤드 핍스》로부터 그러한 원고를 전혀 알지 못한다는 통지를 받았다. 그리고 반세기 이상 전 셜록 홈즈 시대 이전부터 오늘날까지 그 원고는 발견되지 않았다.

이 시기에 미국에서는 다임 노블십 센트짜리 대중 잡지에 실린, 소위 싸구려 소설을 뜻한다이 유행했다. 조지 먼로가 1872년에 처음으로 다임 노블 탐정소설 시리즈—《올드 슬루스 라이브러리》—를 간행하기 시작했다. 얼마 지나지 않아 1882년에 '올드 캡 콜리어'가 데뷔를 하였다. 채 십 년도 되지 않은 1889년에 범죄소설의 역사에 가장 오래 남은 닉 카터 시리즈가 첫발을 내디뎠다. 1860년과 1928년 사이에 육천 종 이상의 다임 노블이 미국에서 출간되었지만 그중 단편집으로 출간된 것은 스무 편이 채 안 되었다.

10. 디텍티브 스케치Detective Sketches *H-R*

뉴욕 디텍티브, 뉴욕: 프랭크 투시(1881년 4월 2일)

가장 초기작인 『디텍티브 스케치』는 초석으로 인식될 만한 자격이 있다. 클라크, 샤프, 올드 킹 브래디, 그리고 필릭스 보이드 같은 다임 노블의 충직한 탐정들이 흥행한 반면 가끔씩 다임 노블의 표지에 등장하는 레이디 베스, 리지 래셔(일명 붉은 족제비), 그리고 루실라 링크스 같은 여자 탐정들은 동등한 탐정적 권리를 위해 싸우며 천천히 체계를 세워 나갔다. 엘러리 퀸 컬렉션에는 다임 노블의 권위자이자 수집가인, 우리의 좋은 친구 찰스 브래긴 덕에 다임 노블 단편집 모두가 포함되어 있다. 브래긴 씨는 역시 다임 노블을 수집했던 프랭클린 D. 루스벨트의 '비밀요원'이었다. 브래긴 씨는 경매를 통해, 혹은 누군가의 먼지 쌓인 다락방에서 여러 종의 많은 다임 노블을 매입했다. 그는 대개 루스벨트 대통령에게 그 다임 노블의 첫 번째 구매 선택권을 주었고, 단편집의 첫 번째 선택권은 엘러리 퀸에게 주었다. 루스벨트 대통령이 이 분야에서 그가 가장 귀하게 여기는 아이템 일부를 엘러리 퀸과 나누고 있었다는 사실을 알고 있었는지는 의심스럽다.

다음으로 중요한 책은 영국 문학에서 가장 유명한 작품 중 하나다. 우리 중 누군가는 이 작품이 어린 시절 마음속에 강렬하게 남아 있을지 몰라도 『신 아라비안나이트』에 실려 있는 「자살 클럽The Suicide Club」이나 「모래 언덕 위의 별장The Pavilion on the Links」[3]은 잊어버렸을 것이다.

11. 신 아라비안나이트New Arabian Nights *HQR*

로버트 루이스 스티븐슨, 런던: 채투 앤드 윈더스(1882)

스티븐슨은 추리와 판타지를 결합시켰다. 그는 장밋빛 로맨스에 반사경을 들이댐으로써 악의를 드러냈다. 그러나 그것이 리얼리즘에 발을 딛고 있는 로맨티시스트로서 스티븐슨의 천재성이었다. 1892년 초기 스티븐슨은 탐정소설의 미래에 관한 전조를 보았다. 로이드 오즈번과 공저한 저서에서 그는 다음과 같이 썼다. "우리는 오래전부터 경찰 소설이나 미스터리 이야기에 끌린 반면 질색하기도 해 왔다……. 이러한 이야기들은 시작점도 아닌 곳에서 장황한 이야기를 시작하고 끝도 아닌 곳에서 끝이 난다. 이야기 속 사형 집행을 참관해야 하는 기이한 곤경에 끌

3 코난 도일은 「모래 언덕 위의 별장」을 극적 서술의 매우 중요한 모델로 여겼다.

리기도 하고…… 불가피한 문제점인 지나친 허구성과 천박한 분위기에 싫증을 내기도 했다. 독자는 현실이나 삶에 감명을 받기보다 오히려 정교한 이야기를 좋아한다……. 만약 그런 이야기가 점진적으로 다가오고 몇몇 캐릭터들이 (이를테면) 사전에 소개되었더라면, 그리고 그 책이 통속소설 같은 분위기나 경험담에서 시작했더라면, 이 단점은 줄어들었을지 모르며 미스터리가 우리 삶 속에 내재되어 있는 것처럼 느껴졌을지 모른다." 이 놀라운 혜안 (그리고 박식함)이 무려 오십 년 전의 이야기다!

『신 아라비안나이트』의 출간 이 년 후 수수께끼 문학 형식이 출현하였고, 그 명성은 세월이 지날수록 꾸준히 높아졌다.

12. 여자인가, 호랑이인가? The Lady, or the Tiger? ***HQS***

프랭크 R. 스톡턴, 뉴욕: 찰스 스크리브너(1884)

이 순도 높은 미스터리 이야기 속에는 탐정이 등장하지 않지만 작가의 마지막 문장, '따라서 필자는 모든 해석을 독자들에게 맡긴다. 열린 문에서는 뭐가 나타났을까? 여자인가 호랑이인가?' 때문에 이야기 밖에는 셀 수 없이 많은 탐정이 존재한다. 이 질문은 모든 독자들(말 그대로 1884년 이래 수백만 명)을 안락의자 탐정으로 만들었다. 그러나 그 문제에 만족할 만한 답이 제기되지 못했다는 것은 흥미로운 일이다.[4]

스톡턴은 그의 유명한 리들 스토리수수께끼 이야기 「여자인가, 호랑이인가」에 이어지는 속편 「망설임에 실망하는 사람」을 썼다. 그러나 속편은 전편만큼 인기를 끌지 못했다. 더욱이 소수의 독자들은 속편의 해법들을 인지하기까지 했다. 이 단편은 『크리스마스의 잔해와 그 밖의 이야기』(뉴욕: 찰스 스크리브너, 1886)라는 단편집에 처음 소개되었다.

두 번째로 유명한 문학적 퍼즐은 의심의 여지 없이 클리블랜드 모핏의 「수수께끼의 카드」다. 이전부터 수십 명의 작가들에 의해 쓰여 왔던 주제의 이 단편은 1896년 2월 보스턴에서 발간되는 《검은 고양이》라는 잡지에 처음 소개되었다. 단행본으로는 1896년에서 1912년 사이—정확한 해는 알려져 있지 않다. 국회도서관에서도 날짜 기록이 남아 있지 않다—언젠가에 보스턴 스몰, 메이너드 출판사가 출간했다.

'수수께끼의 카드'라는 주제의 한 버전은 우리의 가장 집요한 서적 탐색들을 피해 갔다. 육지에 상륙한 선원이 외국어로 쓰인

4 이 표현은 더 이상 사실이 아니다. 잭 모핏이 《엘러리 퀸 미스터리 매거진》이 주최한 제3회 단편 추리소설 콘테스트에서 「여자와 호랑이」라는 단편을 응모하여 최고 특별상을 수상했다. 이 가장 유명한 수수께끼 문학에 있어서 모핏 씨의 해답은 분명히 뛰어나다. 이 단편은 《엘러리 퀸 미스터리 매거진》 1948년 9월호에 실렸고, 이후 『퀸의 수상작 1948』(보스턴: 리틀, 브라운, 1948)에 실렸다.

종이 한 장을 발견하는 이야기다. 선원은 그 종이를 가져가 사람들에게 보여 주지만 사람들은 그 말의 뜻을 알려 주길 거부하며, 그 가엾은 선원을 걷어차고 두들겨 패고 욕설을 퍼붓는다. 결국 그 선원은 수수께끼가 풀리지 않은 채로 배로 돌아가고, 그는 배에서 이제 걷잡을 수 없게 된 호기심을 만족시켜 줄지도 모르는 고고학자를 만난다. 선원은 배의 난간에 있는 그 남자에게 다가가 자신에게 어떤 나쁜 의도도 없음을 강조하며 그간의 이야기를 들려준다. 그 고고학자는 종이에 쓰인 말들을 해석하고 나서 그 말들이 의미하는 것이 무엇이든, 그 선원에게 책임을 묻지 않겠다는 데 동의한다. 선원이 주머니에서 종이쪽지를 꺼내 고고학자에게 건네려는 순간 갑작스럽게 돌풍이 불어 선원의 손에서 날아간 종이쪽지가 바다에 떨어졌고, 그 즉시 사라진다. 그래서 미스터리는 영원히 풀리지 않고 남게 된다.

주목할 만한 가치가 있는 두 편의 다른 리들 스토리는 마크 트웨인의 풍자극 『자서전과 첫 번째 로맨스』(뉴욕: 셸던, 1871)에 실린 「끔찍하고 소름 끼치는 중세 로맨스」와 W. W. 제이콥스의 『성게』(런던: 로런스 앤드 불렌, 1898)에 실린 「사라진 배」다. 미국에서는 『더 많은 화물』(뉴욕: 프레더릭 A. 스토크스, 1898)이라는 제목의 단행본으로 출간되었다.

1888년은 우리 시대 최고 다작 작가인 이든 필포츠가 첫 작품을 출간한 해다. 필포츠 씨의 최고 단편은 『검은색, 흰색 그리고 얼룩』(런던: 그랜트 리처즈, 1923)에 수록되어 있지만—마이클 두빈 탐정이 등장하는 「죽은 세 사람」이다—초석의 명예는 필포츠 씨의 처녀작에 부여되어야 한다. '무지개' 스탬프가 찍힌 이 책은 부서질 만큼 얇은 책으로, 이든 필포츠의 완벽한 단편집들 중에서도 좀처럼 구하기 힘든 책이다.

13. 플라잉 스코츠먼호에서의 모험 HQR

My Adventure in the Flying Scotsman

이든 필포츠, 런던: 제임스 호그(1888)

현대 독자들은 『플라잉 스코츠먼호에서의 모험』이 절도와 살인미수에 관한 고풍스러운 이야기며 신기한 우연의 일치에 지나치게 의존하고 있지만, 극단적인 상황에 빠지는 빅토리아 시대 등장인물들이 생생하게 살아 숨 쉬고 있다는 사실에 분명히 동의할 것이다.

같은 해인 1888년에 또 다른 다작 작가인 조이스 에머슨 프레스턴 머독이 딕 도너번이라는 필명으로 데뷔했다. 그 이전 '워터스'와 '맥고번'처럼 도너번은 1인칭 시점으로 작품을 썼다. 말하자면 그 자신이 탐정이었다. 그리고 두 사람처럼 오늘날 도너번의 중요성은 주로 역사적인 면에 있다.

14. 사냥꾼 The Man-Hunter *H-R*

딕 도너번, 런던: 채투 앤드 윈더스(1888)

그의 첫 단편집 『사냥꾼』 이후 출간된 단편집들의 제목은 『드디어 잡다!』, 『관계와 관계』, 『단서를 잡다』, 『체포와 구속』과 같이 다임 노블에서 따온 듯하다. 나중에는 조금 현대적으로 바뀌었지만 『타일러 태틀록의 모험』, 『사립탐정과 파비안 필드의 모험』, 『탐정』처럼 그래도 여전히 고풍스러운 제목들이 많았다.

이제 포의 걸작이 나온 이래 반세기가 지났고, 포의 작품은 길버트 K. 체스터튼이 인정한 것처럼 이 장르에서 여전히 타의 추종을 불허하는 추리소설의 결정체이다. 포의 「모르그 가의 살인」과 셜록 홈즈 단편들의 원자폭탄급 출현 전까지 오십 년 동안, 세상은 열네 권의 반론의 여지가 없는 초석들을 낳았다. 이제부터 십 년 단위로 이어지는 중요한 책들의 늘어나는 수를 통계학적인 시선으로 살펴보자.

IV 도일의 10년

셜록 홈즈가 영원히 기억에 남을『주홍색 연구A Study in Scarlet』로 처음 등장한 해는 1887년이었다. 셜록 홈즈가 등장하는 첫 단편집은 그로부터 오 년 후에나 출간되었다. 그 사이에 추리 기법상 서로 매우 다른, 운명의 두 책이 출간되었다. 첫 번째로는 매우 고대해 왔던 책이었고, 두 번째 책은 후대에 어마어마한 영향을 미친 책이었다.

첫 번째 책은 오스카 와일드의『아서 새빌 경의 범죄Lord Arthur Savile's Crime & Other Stories』(런던: 제임스 R. 오스굿, 매킬바인, 1891)였다. 이 단편집에 수록된 네 편의 이야기—살인 이야기, 미스터리, 유령 이야기 그리고 사랑 이야기—모두에는 눈부시고 재기 넘치는 오스카 와일드의 가장 유명한 경구들이 들어 있다. 살인 이야기인「새빌 경의 범죄」는 사실상 반세기 이상 주목받지 못했다. 역사적인 관점으로 보면 이 단편집은 범죄소설 유파의 선도자 격인 작품으로, 고故 윌 커피1884~1949. 미국 작가 겸 평론가는 '독자를 웃음 짓게 할 피도 눈물도 없는 살인'이라는 교묘한 평을 남겼다.

이 이야기는 이국적인 꽃 한 송이를 가슴에 꽂고 긴 머리와 벨벳 재킷, 반바지를 즐겨 입는 퇴폐적 괴짜 문인이 상상한 일련의 살인미수와 관련되어 있다. 하지만 이렇듯 으스대는 듯한 유미주의에도 불구하고 세월은 살인과 유머가 결합된 오스카 와일드의 상상을 부당하게 대우하지 않았다. 수군거리는 악평을 이겨 낸, 거슬릴 만큼 뛰어난 그의 번뜩이는 기지는 시간의 풍상에서 뿐 아니라 비평가들의 끊임없는 비난과 문학 풍조의 불가피한 변화 속에서도 훌륭하게 살아남았다. 오늘 우리는 「아서 새빌 경의 범죄」를 다시 읽고, 누구나 수긍하지는 않을지라도, 오스카 와일드의 가장 기발한 역설인 "도덕적이거나 부도덕한 살인 따위는 없다. 살인은 잘 끝나거나 나쁘게 끝난다. 그게 다일 뿐이다"를 다르게 표현하고 싶은 유혹을 느꼈다. 아니면 이번에는 수긍할지 모르지만, 오스카 와일드의 또 다른 경구로 그 역설에 참견하고 싶은 유혹을 느꼈다. '모든 살인은 매우 쓸모없는 짓이다'.

후대에 훨씬 많은 영향을 끼친 두 번째 책은 사상 최초로 성숙한 '밀실 미스터리'를 선보였다.

15. 빅 보우 미스터리The Big Bow Mystery ***HQR***

이스라엘 쟁윌, 런던: 헨리(1892)

특히 1895년판 『빅 보우 미스터리』 서문에서 쟁윌 씨는 말한다. “이 책을 쓰기 오래전 어느 날 밤 나는 혼잣말을 했다. 접근 불가능한 방에서 사람이 살해된 미스터리를 이야기한 사람은 없다. 그 수수께끼에 대한 해법이 떠오르기 전까지 그 아이디어를 다시 제기하지 않았고, 그 아이디어는 내 마음속에 저장되어 있었다. 세월이 흘러…… 불현듯 해법이 떠올랐고, 인기 있는 런던 석간신문 편집자에게서 보다 독창적인 소설을 써 달라는 요구를 받았다.” 그것도 보다 독창적인 소설을! 이스라엘 쟁윌은 포의 ‘봉인된 방’이라는 독창적인 개념에 단순함과 대담함과 눈부신 창의력[1]을 더했고, 따라서 작금의 황제로 군림하는 놀랍기 그지없는 존 딕슨 카 같은 밀실 미스터리 마법사들의 근대 왕조를 창시했다.

포(1841)와 쟁윌(1892) 사이에 쓰인 밀실 이야기들이 있다는 사실을 기억해야 한다. 예를 들어, 조지프 셰리든 르 파뉴가 익

1 쟁윌의 ‘단순함, 대담함, 눈부신 창의력’의 또 다른 예로 그의 『거지들의 왕』(런던: 윌리엄 하이네만, 1894)에 수록된 단편 「유별난 교수형」이라는 ‘잊힌 걸작’이 있다.

명으로 쓴 『유령 이야기와 미스터리』(더블린: 제임스 맥글러션, 1851)에 수록된 「살해당한 사촌」은 사실상 밀폐된 방에서의 살인을 묘사한다. “문은 안쪽에서 이중으로 잠겨 있었다……. 창문은 비록 잠겨 있지 않았지만 닫혀 있었다. 매우 수수께끼 같은 상황으로 그나마 창문만이 방에서 나갈 유일한 방법이다. 창문으로는 낡은 건물들이 둘러싼 뜰이 보인다. 예전에는 뜰로 나갈 수 있는 좁은 통로가 있었지만 현재는 출입이 불가능하다. 게다가 그 방은 이층에 있었고, 창문은 상당히 높은 곳에 있다. 뿐만 아니라 창문이 닫혀 있을 때 돌 창턱은 사람이 서 있기에 너무 좁다……. 치명적인 상처를 남긴 무기는 방 안에서 발견되지 않았고, 발자국이나 살인자를 식별할 만한 어떤 흔적 또한 없다……. 방의 벽, 천장, 바닥에 작은 문이 있는지, 숨겨진 또 다른 입구가 있는지 주의 깊게 조사되었지만 아무것도 발견되지 않았다…….” 등등—“치밀한 조사가 이루어졌다.” 굴뚝은 들어가거나 나올 수 있는 방법에서 철저하게 배제되었다. 한마디로 말해, 공식화된 밀실 수수께끼의 모든 구성 요소를 갖추었다. 하지만 르 파뉴의 단편은 엄격하게 말해 수수께끼보다 범죄에 대한 이야기로, 사실적인 추론이 없고, 탐정 캐릭터가 없었다. 수수께끼는 같은 방에서 또 다른 살인이 일어나는 중에 간단한 고딕 양식의 문제에 의해 마침내 해결된다……. 쟁월은 포의 기본적인 밀실 개념을 매우 잘 알고 있었음을 추정할 수 있다. 쟁월이 1851년에 르 파뉴가 시도한 변형된 해답과 1862년의 토머스 앨드리치의 작품에 대해 잘 알고 있었다면 어땠을지 알고 싶다.

그런 다음 셜록 홈즈가 등장한다.

프랭크 워들리 챈들러가 1907년에 쓴 『사기의 문학』에서 그는 셜록 홈즈라는 캐릭터를 가장 통찰력 있는 관찰자 중 하나라고 했다. 저서에 따르면 "뒤팽이 순수 이성이었고, 르콕이 순수 에너지였다면 셜록 홈즈는 에너지를 다스리는 이성이다"라고 했다. 진짜 셜록 홈즈는 A. 코난 도일의 장편에서보다 단편에서 만날 수 있다—베이커 가 221B 번지에 있는 하숙집의 멋진 방에서 매부리코에 면도날처럼 날카로운 얼굴의 키가 크고 지나치게 야윈 남자가 고개를 가슴에 파묻고 신경질적으로 서성인다. 범죄 현장 바닥에 코를 처박는, 열정적이고 신속한 조사 방식. 수척하지만 정력적인 모습과 날카로운 화술. 친숙한 장미 나무 파이프와 드레싱 가운, 가스등, 페르시아제 슬리퍼, 바이올린 연주, 그리고 피하 주사기. 부연 안개를 헤치고 덜커덕거리며 나아가는 유령 같은 이륜마차와 끊임없는 사건. 특히 마술적이며 불가해한 만족감을 주는 네 음절의 결합—셜록 홈즈—은 이제 영어의 영원한 일부가 되었다.

16. 셜록 홈즈의 모험The Adventure of Sherlock Holmes

HQS

코난 도일, 런던: 조지 뉴언스(1892)

어떤 비평가적 기준으로 보아도 셜록 홈즈 시리즈의 첫 단편집 『셜록 홈즈의 모험』은 세계 유산 중 하나다. 셜록 홈즈 시리즈의 놀랍고도 지속적인 성공을 생각하면 《스트랜드 매거진》 신간을 사기 위해, 월드 시리즈를 보기 위해 선 줄만큼이나 긴 열광적인 팬들의 줄을 떠올리게 된다. 홈즈 시리즈가 실린 초기 책들은 독자들이 말 그대로 넝마가 되도록 읽은 탓에 깨끗한 초판들을 구하기가 거의 불가능하게 되었다. 우리는 홈즈 시리즈가 수백만 부는 팔렸으리라고 추정한다. '보급'판과 해적판을 포함하여 수백만 부에 이르기까지 쇄를 거듭한 것은 사실이다. 그러나 오늘날의 베스트셀러에 비해 첫 셜록 홈즈 단편들이 실린 오리지널 판본은 놀랄 만큼 적은 부수가 팔렸다. 이 놀라운 사실은 『셜록 홈즈의 모험』의 판매 기록으로 확인되었다. 영국에서의 첫 증쇄는 『셜록 홈즈의 모험』이 처음 단행본으로 출간된 후 삼 년 뒤인 1895년이었다. 이 삼 년 동안 단지 삼만 부만이 배부되었다. 1895년에 출간된 첫 '보급'판은 표제지에 그렇게 표시가 되어 있었다.

1894년 영국에서는 추리 범죄 소설이 유사 과학적類似科學的으로 선회하였다.

17.어떤 의사의 일기에 쓰인 이야기들 ***H-R***

Stories from the Diary of a Doctor[2]

L. T. 미드 & 닥터 클리퍼드 핼리팩스, 런던: 조지 뉴언스(1894)

소위 '의학 미스터리'라고 불리는 장르가 영국에서 인기를 끌게 되었고, 비평가와 역사가가 통상 이 책을 '최초'의 고전이라고 평했지만 미국의 윌리엄 A. 해먼드와 그의 딸 클라라 란차가 쓴『괴짜 인생 이야기』(뉴욕: D. 애플턴, 1886)에 수록된 몇몇 단편들은 영국의 의학 미스터리에 무려 팔 년이나 앞서 있다. 게다가 해먼드와 란차의 책은 셜록 홈즈의 첫 등장보다 일 년 앞섰다.

빈센트 스타렛이 "홈즈 이후 아류들이 쇄도하다"라고 썼듯 모방자들이 토끼가 새끼를 치듯 증가하였다. 자세히 살펴보면 여전히 똑같은 탄생 과정이 진행되고 있다는 사실을 알게 될 것이다. 홈즈의 패턴은 오늘날까지도 지속된다.

2 두 번째 시리즈(런던: 샌즈 블리스, 1896)도 같은 제목이다. 속편이 다시 발간되었을 때는『'어떤 의사의 일기'에 쓰인 이야기들』(런던: 샌즈, 1910)로 제목이 살짝 바뀌었다.

18. 조사원 마틴 휴잇Martin Hewitt, Investigator **HQR**

아서 모리슨, 뉴욕: 하퍼(1894),런던: 록 워드 앤드 보든(1894)

도일 시대의 모방자들 중 가장 내구성이 있었던 캐릭터(더욱이 오랜 세월 동안 살아남은 영향력 있는 캐릭터)는 아서 모리슨의 『조사원 마틴 휴잇』에 등장하는 남자로 경외할 만한 테크닉과 통계학적 지식으로 무장한 개인 조사원이다. 비록 탐정소설이 단편 형식으로 태동했지만 이 시기에 단편은 의붓자식 취급을 받았다. 출판업자들은 단편이 늘 장편만큼은 팔리지 않는다는 사실을 알아채고, 이러한 개탄스러운 상황에 대응하려고 단편집을 장편처럼 보이게 하고자 편집과 인쇄상의 다양한 장치들에 의존했다. 이러한 기만적인 책 제작의 흥미로운 예로 마틴 휴잇 4부작 『빨간 트라이앵글』을 들 수 있다. 영국식 판형으로 제작된 미국판 초판본은 오리지널 영국판의 목차 페이지를 바꿔 목차에 빨간 트라이앵글만 표기하였다. 미국판은 명백하게 잘 팔렸다. 영국식 판형이 소진되었을 때, 보스턴의 L. C. 페이지 출판사는 새로운 판형으로 제작하였고, 이 판형으로 책을 다시 간행했다. 어쨌든 출판사는 책을 장편으로 가장하기 위해서 원래 여섯 편인 단편들을 스물세 챕터로 변형하여 목차 페이지를 새롭게 대체했고, 『빨간 트라이앵글』이 한 가지 이야기라는 더 큰 착각을 불러일으키기 위해 오리지널 영국 방식과는 확연히 다른 서체로 챕터 숫자와 챕터의 제목들을 삽입하였다. 오늘날 그 책이 다시 간행된다면 미국 출판사가 정당한 단편 형식으로서의 『빨간 트라이앵글』로 복구할지는 여전히 의심스럽다.

기묘하고 환상적인 이야기에 천재성이 있었던 M. P. 실은 비교적 빛을 보지 못했다. 그는 1895년에 첫 책을 출간했다.

19. 잘레스키 왕자Prince Zaleski **HQS**

M. P. 실, 런던: 존 레인(1895)

『잘레스키 왕자』에 수록된 세 편의 단편은 추억 속의 이야기며, 퇴폐적 1890년대의 유미주의를 주도한 《옐로 북》1894년에서 1897년까지 간행된 계간지로 유미적, 퇴폐적, 세기말적 문학의 거점이 되었다의 산물이다. 젊었을 때 실은 런던과 파리의 배타적 문학 집단 일원으로 오스카 와일드, 피에르 루이, 로버트 루이스 스티븐슨, 어니스트 다우슨의 친구이자 동료였다. 또한 이 단편들은 로맨티시즘을 강하게 연상시키는 이야기며, 기이한 허세에 관한 이야기며, 실풍風의 기만과 이색적이고 환상적인 범죄에 관한 이야기며, 거칠고 의도적인 교활한 엽기에 관한 이야기며, 전통적 사고방식의 뻔뻔한 이야기이다. 이야기 속의 낱말들은 밝은 깃털로 치장한 새 같고, 구절들은 복잡한 미로 같으며, 직유는 절대

중복되지 않고, 은유는 달콤한 케이크 같다…….

실은 포Poe처럼 자신의 괴짜 탐정 잘레스키 왕자에 싫증을 내고 그를 유기하였다. 오십 년 후 그는 특별히 《엘러리 퀸 미스터리 매거진》을 위해 잘레스키 왕자를 소생시켰지만 기이하게도 우리는 아주 나중에서야 그 엄청난 사실을 알아차렸다. 때때로 실 씨와 공동 작업을 하는 친구 존 고스워스가 우리에게 그 원고를 보냈다. 고스워스가 잘레스키 왕자의 귀환실제 원고의 제목(The Return of Prince Zaleski)이기도 하다에 대해 우리에게 이야기를 했을 때 실 씨는 거의 생을 마감하기 직전이었다. 네 번째이자 마지막인 잘레스키 이야기는 1945년 10월에 쓰였고, 그때 작가는 여든을 넘겼다. 실 씨는 원고를 끝내자마자 제1회 《엘러리 퀸 미스터리 매거진》 콘테스트에 원고를 부치려고 호셤영국 웨스트서식스에 있는 마을으로 나갔다. 그 수고는 고령의 노인에게 너무 큰 것이었다. 그는 정신을 잃었고, 병원으로 실려 갔다. 실 씨는 회복하고 나서 자신이 원고를 정말 보냈는지 아닌지 확실히 기억하지 못했다. 어쨌든 그 이야기는 《엘러리 퀸 미스터리 매거진》에 도착하지 않았고, 원고의 흔적은 찾을 수가 없었다. 실 씨는 1947년 2월 17일에 사망하였다. 사라진 원고의 미스터리는—조지 버나드 쇼가 육십 년 전에 그랬던 것처럼—아마 영원히 미스터리로 남을 것이다. 하지만 생각해 보면, 운명의 사건이 개입하지 않았던들 우리는 현존하는 잘레스키 왕자의 유일한 원본[3]을 소유했을 것이다! 이제 그 소중한 원고는 세상에서 사라졌다.

1896년에 멜빌 데이비슨 포스트는 단편 추리소설에 두 가지 중대한 기여를 했다.

20. 랜돌프 메이슨의 이상한 계획들 ***HQS***

The Strange of Randolph Mason

멜빌 데이비슨 포스트, 뉴욕: G. P. 퍼트넘(1896)

추리소설 역사상 처음으로 『랜돌프 메이슨의 이상한 계획들』에는 '형사criminal' 변호사가 등장한다. 따옴표에 주목하자. 그 따옴표는 법의 허점을 이용하여 정의를 망치는 무원칙한 변호사라는 것을 의미한다criminal에는 형법의 '형사'와 '범죄자'라는 의미가 있다.

랜돌프 메이슨은 역사적으로 중요한, 획기적인 캐릭터였다. 당시로서는 충격적이고 비정통적인 문학적 주인공의 태동의 동기는 포스트 씨 자신이 가장 잘 설명한다. 『랜돌프 메이슨의 이상한 계획들』의 서문에 포스트 씨는 다음과 같이 썼다. "맨 처음 포와 프랑스 작가들이 (범죄에 관한) 걸작들을 구축했다. 이후에는 탐정소설의 범람이 독자들의 배를 채우는 데 실패하는 단계

3 나중에 고스워스 씨는 첫 이야기 세 편의 수정된 타이프 원고를 소유했다.

에 이르렀다. 최근에 코난 도일 씨가 셜록 홈즈를 창조했고, 대중들은 귀를 쫑긋 세우고 흥미 있게 귀를 기울였다.

이런 종류의 이야기의 기본 계획이 어느 선에서 결코 바뀌지 않아 왔다는 것은 의미심장하다. 모든 작가들은 예리한 추론을 통해 범인과 범죄 방법을 밝혀내는 범죄 문제를 구축하기 위해 보통 위대한 천재성을 발휘하기도 하며 고심해 왔다. 혹은 반대로 범인과 범죄 방법을 효과적으로 숨길 수 있는 매우 교활한 범죄를 모색해 왔다. 그 의지는 항상 범인들을 좌절하게 했고, 범인의 정체가 마침내 밝혀졌을 때, 그 이야기는 끝났다.

범죄 분야의 고지高地는 아직 탐험되지 않았다. 진입조차 하지 않았다. 그동안 서점의 서가에는 탐정이나 공권력이 범죄자를 찾아내는 데 어려움을 겪는 내용에 기초한 지루한 이야기들로 채워져 있었다. 하지만 엄청나게 경이롭게도! 어느 작가도 국가의 사법기관을 당혹케 할지도 모르는 계획에 기초한 이야기들을 시도한 작가는 없었다.

그에 대해 고찰할 만한 시간이 잠깐 있다면, 그 차이는 확연하다. 범인이…… 드러나지 않도록 범죄의 계획을 세우는 것은 가능하며, 쉽기조차 하다. 범죄를 통해 이득을 얻겠다는 생각으로 나쁜 짓을 계획하고 실행하는 것은 가능하며, 그것이 법 앞에서 범죄가 아닐 수도 있지 않을까?

……이것이 작가가 해 온 모험이며 작가는 그것이 새롭고도

흥미 있으리라고 믿는다."

확실히 포스트 씨는 하늘 아래 새로운 무언가를 발견했다.

시리즈 두 번째 책인 『남자의 마지막 수단』에서 랜돌프 메이슨은 여전히 한 가지 생각에 사로잡힌다. 사람들이 처한 문제는 단순히 그 자신, 메이슨이 해결할 수 있는 문제이며, 인간 근원의 실재인 법을 피해 갈 수 있는 문제이다. 이 두 번째 책에 수록된 단편 중에서 메이슨은 자신의 부도덕함과 인간에 대한 회의적인 행동 철학에 대해 설명한다. "나의 조언을 따른 사람치고 범죄를 저지른 사람은 없다. 범죄라는 것은 전문 용어다. 그것은 어떠한 행동에 대해 법이 기꺼이 규정한 말이며, 처벌이 따른다……. '도덕적 잘못'이라는 것은 없다……. 법이 허용하는 것은 옳은 것이며, 그렇지 않은 것은 금지될 것이다. 법이 금지하는 것은 나쁜 짓이다. 따라서 그에 대한 처벌이 따른다……. 도덕이라는 말은 오직 형이상학적인 상징이다."

하지만 멜빌 데이비슨 포스트는 추고하는 동안 후회의 마음이 들었다. 이상하지만 외적 압박과 내적 가책이 랜돌프 메이슨에게 변화를 가져왔다. 그의 행위와 악행에 관한 세 번째이자 마지막 책인 『운명 교정자』(뉴욕: 에드워드 J. 클로드, 1908)에서 메이슨은 개심하였고, 재판에 질지언정 정의를 위해 그의 방대한 법적 지식을 쓰기 시작했다. 세상의 영화는 이처럼 사라져 갔다…….[4]

'형사criminal' 전문 변호사라는 콘셉트가 다음 초석을 낳은 작가에게 강한 영향을 끼쳤는지도 모르겠다. 지금까지 우리는 거의 모든 유형의 탐정들을 만나 보았다. 이윽고 '범죄자criminal' 탐정을 만날 때가 왔다. 이제 전면적으로 범죄자들을 단편소설이라는 무대로 이끌어 낼 때다.

21.아프리카인 백만장자An African Millionaire HQR

그랜트 앨런, 런던: 그랜트 리처즈(1897)

『아프리카인 백만장자』에 등장하는 악당 클레이 대령은 경찰을 비웃고, 장난삼아 돈을 뺏고 사기 치며, 금전적 이익을 목적으로 도둑질을 하고, 법망을 피할 만큼 영리한, 미스터리 소설 역사상 최초의 악당 캐릭터다. '걸출한' 클레이 대령은 부끄럽게도 방치되어 왔다. 강도의 시조 클레이 대령은 그보다 훨씬 더 유명했던 래플스보다 이 년쯤 앞서 있다. 단편 범죄 문학 분야에서 최초의 위대한 도둑이라는 최고의 영예를 대령에게 넘기기에 충분히 긴 기간이다. 희귀 초판본 표지에는 화려한 좀도둑질과

4 이후 세대에서 얼 스탠리 가드너가 자신의 변호사 탐정 캐릭터인 페리 메이슨의 이름에 랜돌프 메이슨과 똑같은 성(姓)을 선택했다는 것은 의미심장하다.

사기를 묘사한 삽화가 있는데, 아이들이 아닌 날개 달린 돈 가방을 이끄는 피리 부는 사나이가 금박되어 있다.

1897년에 출간된, 언급될 만한 자격이 있는 또 다른 책은 로버트 W. 체임버스의『미스터리한 선택』으로 프랑스 브르타뉴 지방에서의 나비 수집에 관한 탐정 이야기를 담고 있다. 반세기도 더 전에 출간됐지만 이 책에 수록된「오색나비」는 마치 어제 쓰인 것처럼 읽힌다. 스타일 면에서 매우 현대적이며 현실적이다.

그동안 여성들의 활동이 활기를 띠고 있었다. 언제나 검은 드레스를 입고 퀘이커교도처럼 규칙적인 생활을 하는 삼십대 초반의 젊은 여성이 C. L. 퍼키스의『여탐정 러브데이 브룩의 경험』(런던: 허친슨, 1894)에서 범죄 수사를 시작했다. 사랑스러운 러브데이는 '여자들 사이에서는 드문 재능인 말 그대로 지시를 수행하는 능력'이 있었다.

22. 탐정 도커스 딘 Dorcas Dene, Detective ***H-R***

조지 R. 심스, 런던: F. V. 화이트(1897)[5]

보다 중요한 여탐정이『탐정 도커스 딘』에서 모습을 드러냈

5 두 번째 시리즈(런던: F. V. 화이트, 1898)가 같은 제목으로 출간되었다.

다. 결혼 전 성이 레스터였던 도커스 딘은 단역 여배우로, 젊은 예술가와 결혼하여 무대를 떠났다. 남편이 실명하게 되는 바람에 그녀는 생계를 꾸리는 문제에 직면했다. 운 좋게도 그녀가 했던 무대 생활이 '매우 잔인한 협박 때문에, 상심한 아내와 슬퍼하는 아이들에게서 도망친 불행한 남자'를 구하는 일에 자신의 연극적 능력을 사용할 수 있는 기회를 주었다. 첫 의뢰의 성공이 결국 그녀를 영국에서 가장 프로페셔널한 여탐정 중의 한 명이 되게 하였다. 하지만 대체로 시집 안 간 처녀 탐정들은 라이벌인 남자 탐정들에게 훨씬 미치지 못했다. 그들은 남자들이 쓰는 모자와 여전히 블루머19세기에 여자들이 입던 바지 차림으로 과감하게 남자들이 타는 자전거를 타고 수사 활동을 했다. 탐정으로서 그들은 '여성the weaker sex'이었고, 추적자manhunter로서 그들은 순수하게 로맨틱한 의미에서 '남성the strong sex'이었다. 이러한 역설의 예는 M. 맥도넬 보드킨의 작품에서 볼 수 있다.

H-R

23. 주먹구구 탐정 폴 벡Paul Beck, The Rule of Thumb Detective

M. 맥도넬 보드킨, 런던: C. 아서 피어슨(1898)

먼저 『주먹구구 탐정 폴 벡』이 출간되었고, 『여탐정 도라 멀』(런던: 채투 앤드 윈더스, 1900)이 그 뒤를 이었다. 남녀 탐정이 창조되었다면 당신은 생식력이 강한 작가 보드킨 씨가 다음 작품으로 아들 탐정이나 딸 탐정을 쓸 것이라고 기대했을지도 모른다. 아, 독자여, 참을성을 기르시길! 명백히 유전학에 관심이 많은 보드킨 씨는 어떤 중간 단계가 필요하다고 느꼈다—더욱이 저 두 남녀 탐정이라면. 그래서 작가는 남자 탐정과 여자 탐정을 대적시킬 기발한 아이디어를 떠올렸다. 그는 『사로잡힌 폴 벡』(런던: T. 피셔 언윈, 1909)—제목을 주목하라!—이라는 장편에서 이 결투를 성사시켰다. 소설 종국에 폴 벡은 탐정적 대결에서 승리를 거뒀지만 도라 멀은 매력적인 면에서 승리를 거뒀다. 한마디로 말해, 그녀는 남자를 얻었다—그녀는 폴 벡의 부인이 되었고, 그리하여 미스터리 소설 속에서 탐정 가족을 이루게 되었다. 아마 처음이지 않을까 싶다. 이후에 나온 책 『젊은 벡』(런던: T. 피셔 언윈, 1911)에서는 아들이 태어났고 폴 주니어는 예상대로 그 피를 물려받아 탐정이 된다.

요점을 알겠는가? 여성 탐정들은 항상 남자를 잡는다. 그가 도둑일 수도 있고, 살인자일 수도 있고, 협박자일수도 있다. 혹은 남편이거나!

이어서 탐정소설의 전 역사를 통틀어 가장 도외시된 작가 중 한 명인 로드리게스 오톨렝귀로 넘어간다. 그 이례적인 이름은 기억 속에 쏙 박힐 것이다. 하지만 어떤 유명한 수집가에게 그 작가에 대해 묻었을 때 익살맞은 농담이 돌아왔다. "선사시대 동물 이름 같군요!" 자신이 살던 시대에서조차 인정을 받지 못했던 오톨렝귀는 마침내 추리소설 쓰기를 포기하고 자신의 원래 직업인 치과 의사로 돌아갔다로드리게스 오톨렝귀는 후에 치과 의사로서 명성을 얻었고, 사망 후 부고 기사에도 치과 의사로 기록되었다. 아닐 수도 있고. 앤서니 바우처는 오톨렝귀가 치아를 위해 탐정을 포기했다고 쓴 적이 있다. 또 한 가지 오톨렝귀에 대한 재미있는 사실은 그의 직계 자손 중 한 명이 다름 아닌 짐 핸비 탐정을 창조한 옥타버스 로이 코언이라는 것이다.

24. 결정적 증거Final Proof *H-S*

로드리게스 오톨렝귀, 뉴욕: G. P. 퍼트넘(1898)

독자들은 『결정적 증거』에서 라이벌 범죄학자인 프로페셔널 탐정 반스 씨와 아마추어 탐정 로버트 리로이 미첼을 만날 수 있을 것이다.

탐정소설 초석의 목록에 닉 카터로 알려진 '신디케이트'탐정과 이름이 동일한 닉 카터 명의로 여러 명의 작가들이 이 시리즈를 썼다에 의해 쓰인 단편집 가운데 첫 번째 단편집이 누락된다면 완벽하다고 할 수는 없을 것이다.

실제 닉 카터는 오늘날에는 인기가 없다. 그는 단지 한 세기의 시작과 끝에 존재했지만 역설적이게도 그의 독자는 그때보다 지금이 더 많다. 라디오가 오랫동안 인기를 끈 것이 그 기적의 비결이다.

25. 탐정의 예쁜 이웃The Detective's Pretty Neighbor *H-R*

니콜라스 카터, 뉴욕: 스트리트 앤드 스미스(1899)

당연히 닉 카터는 시대와 함께 변했다. 모든 것이 바뀌었지만 나이만은 예외였다. 월터 피전1897~1984. 캐나다 출신의 미국 영화배우이 젊은 시절 흥행 배우가 되기 전에 닉 카터를 연기했을 때처럼 그는 영속적으로 젊음을 유지하고 있다. 진짜 원조 닉 카터는 마찬가지로 니콜라스 카터가 쓴『탐정 해리슨 키스의 모험』(뉴욕: 스트리트 앤드 스미스, 1899)에서 그의 별로 알려지지 않았던 동료가 그런 것처럼『탐정의 예쁜 이웃』에서 여전히 유혈과 폭력을 몰고 다녔다.

같은 해 위대한 아마추어 도둑이자 크리켓 선수인 A. J. 래플스가 책 가판대의 수많은 책들 사이에서 등장했다. 래플스의 원작자 E. W. 호넝과 셜록의 아버지 코난 도일은 실제로 처남 매제 사이였다. 호넝은 애초에 삼차원 캐릭터인 래플스를 셜록 홈즈에 대한 정력적인 패러디—영국의 캐릭터에 반하는 대도大盜에 의해 명탐정이 곤경을 겪게 된다는 서사 풍자극—로 여기고 진지하게 생각하지 않았다는 이론이 있었다.

26. 아마추어 도둑The Amateur Cracksman *HQS*

E. W. 호넝, 런던: 메슈언(1899)

이 믿음을 지지하는 증거는 『아마추어 도둑』의 헌사를 읽어 보면 알 수 있다. 'A. C. D.(Arthur Conan Doyle)에게. 이것은 아첨의 한 형식이다'라고 한 호넝의 고전적인 이중의 익살은 풍자적 의도를 나타내고 있다고 생각된다. "그가 좀더 수수할지는 몰라도, 세상에 홈즈 같은 경찰은 없다." 터무니없는 소리. 래플스는 홈즈처럼 상상의 산물이다. 실제로 그는 셜록에 영감을 받았을는지 모르지만 그렇다고 해서 래플스가 덜 생생하다고 할 수 있을까? 도일 자신이 쓴 글에서 다음과 같이 인정했듯이 초기 개념에 대한 홈즈의 경험은 포의 뒤팽에게 빚졌다. "무슈 D—도일은 실제로 '무슈 D'라고 표기했다—는 인간 두뇌의 진가가 제대로 발휘된 적이 없었고, 소설 속 수많은 탐정들에게 여러 차례 안겨 준 임의적이고 이해할 수 없는 승리들보다 더 획기적인 결과들을 과학적 시스템이 안겨 줄 수 있다는 사실을 분명히 입증했다. 그리고 나는 그저 새로운 모델과 새로운 관점을 보고 그것을 시행한 것에 대한 아주 제한된 인정을 주장할 뿐이다."[6]

모든 길들—계보와 지역, 연대와 비평—은 근원으로 돌아온다. 에드거 A. 포라는 미국인은 독창적인 원조였으며, 주동자였으며, 원동력이었다. 그는 절대 잊히지 않을 추리소설의 아버지였다.

래플스의 뒤를 바로 이어 얌전한 여자 사기꾼 마담 콜루시가 등장했다.

27. 일곱 왕의 형제애The Brotherhood of the Seven Kings *H-R*

L. T. 미드 & 로버트 유스터스, 런던: 록 워드(1899)

『일곱 왕의 형제애』에서 그녀의 화려한 등장이 일련의 단편들 가운데 최초로 여자 범죄자의 출현을 알렸다. 이 열 편의 연작 단편에서 사악한 비밀 조직을 이끄는 마담 콜루시는 인류에 맞서 가장 사악한 계획을 머릿속에 품고 그 계획을 실행함으로써 자신이 '완벽한 악당'이라는 것을 증명한다. 유괴, 협박, 은행 강도, 그리고 살인을 획책하지만 그렇긴 해도 노먼 헤드라는 젊은 과학자 탐정에 의해 마담 콜루시의 살인 시도는 끊임없이 저지된다는 것을 말해 둬야 할 것 같다.

사 년 후 미드 부인은 『스트랜드 가의 마녀』(런던: 록 워드, 1903)에서 마담 세라라는, 마담 콜루시와 똑같이 기억될 만한

6 『셜록 홈즈의 모험』(런던: 엘더 스미스, 1903)의 '자비 출판본' 서문 7페이지.

여자 범죄자를 창조했다. 그녀의 자매 악당인 마담 콜루시와는 달리 스트랜드 가의 마녀는 살인이 전문이었다. 독을 치아 충전재—요즘은 치과에서 임시 충전재라고 부르는—를 통해 투여한다는 첫 번째 허무맹랑한 살인을 포함한 여섯 가지 끔찍한 살인 이야기에서 마담 세라는 클레이 대령과 래플스가 여자로 보이게 만들 만큼 악당으로 성공한다.

28. 어느 저널리스트의 모험The Adventures of a Journalist ***H-R***

허버트 카뎃, 런던: 샌즈(1900)

도일의 십 년은『어느 저널리스트의 모험』이라는 중요한 발견과 함께 막을 내린다. 이 책의 탐정 베벌리 그레턴은 어떤 추리소설 비평서의 각주에서조차 언급된 적 없다. 그러나 그레턴 씨는 아마 범죄 소설 역사상 최초의 남자 저널리스트 탐정일 것이며, 1907년 가스통 르루의 훌륭한 '밀실' 추리소설『노란 방의 비밀』[7]에서 첫 등장을 알린, 보다 유명한 조제프 룰타비유보다 칠 년이나 앞섰다. 또한 카뎃의 책의 첫 번째 이야기「손가락 자국의 단서」에서 그레턴은 '지문에 의한 신원 확인'이라는 방법을 사용한다—다시 한 번, R. 오스틴 프리먼의 장편『붉은 엄지 손가락』에서 처음 사용된 방법이라고 여겨진 것보다 칠 년 앞섰다. 대부분의 전문가들조차 마크 트웨인이 단편과 장편에서 지문에 의한 신원 확인법을 최초로 도입한 사람이라고 평가받을 자격이 있다는 점을 잊은 듯하다. 먼저, 1883년에 출간된 『미시시피 강의 추억Life on the Mississippi』(보스턴: 제임스 R. 오스굿) 31장에 그러한 내용이 나온다. 이 챕터는 그 자체만으로도 완벽한 단편이다. 다음으로 1894년 장편 『얼간이 윌슨The Tragedy of Pudd'nhead Wilson』(하트퍼드: 아메리칸 퍼블리싱 컴퍼니)에서의 메인 플롯 장치로서 활용된다.

7 가스통 르루의 『노란 방의 비밀』은 찰스 디킨스의 『황폐한 집』(1852~3)과 『에드윈 드루드의 비밀』(1870)의 연재처럼, 1907년 9월 7일부터 1907년 11월 30일에 걸쳐 프랑스 잡지 《일뤼스트라시옹》의 부록으로 13주에 '나뉘어' 처음 소개됐으며, 이러한 사실은 일반적으로 알려져 있지 않다. 따라서 각각의 리플릿(사절판, 시몽 삽화)으로 나뉘어 출간되었으며, 이 각각의 리플릿이 진짜 초판본으로, 일반 단행본으로 첫 출간된 책보다 앞선다. 그리고 이 오리지널 판본을 봐야만 발견할 수 있는 가스통 르루의 탐정에 대한 놀라운 사실이 있는데, 영어로 쓰인 미스터리 관련 서적 중 우리가 조사해 온 한도 내에서는 어떤 책에서도 그 사실이 누설된 적이 없다. 1회 연재분의 표제지에서 그 이야기가 다음과 같이 묘사된다는 것을 발견할 수 있다. '조제프 보이타비유 기자의 놀라운 모험.' 그리고 2회분(적어도 다섯 챕터 분량)까지 조제프 보이타비유라는 이름의 탐정이 등장한다. 3회분 첫 단락에서 그 탐정은 아무런 설명도 없이 지금까지 알려진 그 이름이 바뀌게 된다—조제프 룰타비유로. 어떤 각주에서 다음과 같은 설명을 볼 수 있다. 가몽이라는 실존 저널리스트가 십오 년간 언론계에서 그 이름을 필명으로 사용해 왔다며 보이타비유라는 필명 독점권을 주장했고, 따라서 가스통 르루는 모든 논란과 혼동을 피하기 위해 자신의 주인공의 이름을 다른 이름으로 표기했다—룰타비유로!

V 제1황금기

단편 탐정소설 진행의 그래프는 어떤 모습일까? 엄청난 상승 곡선을 그린다. 셜록의 성공과 정신에 고무되었던 19세기의 마지막 십 년 동안에는 열네 권의 중요한 책들이 배출되었다. 그에 앞선 오십 년 동안 성취된 것과 똑같은 수의 책들이!

단편 탐정소설은 진행중이다.

29. 안개 속에서In the Fog *HQ-*

리처드 하딩 데이비스, 뉴욕: R. H. 러셀(1901)

제1황금기의 시작을 알린 『안개 속에서』는 영국과 미국의 세 등장인물이 이어 가는 이야기를 완벽히 혼합한 작품으로 대변되는 기념할 만한 책이었다.

다음 해, 다임 노블로 명성을 얻은 올드 킹 브래디는, 서문과 다섯 챕터로 구성되었고 각 챕터마다 가짜 실화를 예로 들은 진지한 논문 『탐정이 되는 법』(뉴욕: 프랭크 투시, 1902)을 썼다. 목판인쇄 표지와 펄프 재질로 된 소형 판형의 이 흔치 않은 페이퍼백—'유용하고 유익한' 십 센트짜리 싸구려 책이라고 할 수 있는—은 진짜 미국적이다.

같은 해에 20세기에 출간된 탐정소설 단편집 가운데 가장 희귀한 책이 되도록 운명 지어진 책이 나타났다.

30. 롬니 프링글의 모험 The Adventures of Romney Pringle *HQR*

클리퍼드 애시다운, 런던: 록 워드(1902)

『롬니 프링글의 모험』은 팡파르나 환호성 없이 출간되었다. 정확히 얼마나 많은 부수를 찍었고, 얼마나 팔렸는지에 관한 자료는 없다. 이 글을 쓰는 지금에는 초판 여섯 권만이 존재한다고 알려져 있다. 애서가와 책 수집가 들은 영국과 미국을 샅샅이 뒤졌다. 하지만 거의 오십 년 동안 전문가들이 눈에 불을 켜고 발굴한 결과, 정확히 총 여섯 권이 남아 있다고 전해진다. 더도 말고 덜도 말고. 한 권은 1902년 런던 대영박물관에 보관되어 있고, 지금도 그곳에 있다. 한 권은 캘리포니아 샌디에이고에 사는 국제적으로 유명한 책 수집가 네드 가이먼이 소장하고 있다.

한 부는 최근 매사추세츠 주 월섬에 사는 P. M. 스톤이 습득했다. 가장 최근에 발견된 두 권은 미국 희귀본 서적상 하우스 오브 엘 디에프가 소유하고 있다. 따라서 이 두 권의 최종 목적지는 알려지지 않았다. 그리고 R. 오스틴 프리먼에게서 사들인 한 권은 엘러리 퀸 컬렉션[1] 가운데 가장 소중한 책들 중 하나다.

클리퍼드 애시다운의 서명이 든 이 굉장한 책은, 실은 R. 오스틴 프리먼과 동료 의사이자 무명의 교도소 담당 의사로 밝혀진 존 제임스 핏케언 박사가 썼다. 프리먼 박사의 개인 소장본(지금은 EQ 소장본)이 현존하는 가장 가치 있는 책 가운데 하나라는 사실에는 의문의 여지가 없다. 이 책에는 프리먼 박사의 자필 서명과 함께 다른 책에는 없는 멋들어진 일러스트들이 들어

1 1845년 이래 약 1,500권의 탐정소설 단편집이 출간되었다. 이 글을 쓰고 있을 당시 엘러리 퀸 컬렉션은 이 책들 중 90%를 소유하고 있었다. 우리는 초석이 된 백여 편의 탐정소설 단편집 가운데 오직 다섯 권의 초판본을 소유하지 못했다. 아이러니하게도 없는 책들 모두 극도의 희귀본은 아니다. 해명을 하자면 단순하다. 종종 수집가에게는 수백, 수천 달러의 가치가 있는 포의 초판본을 찾는 것이 오 달러 정도의 가치가 있는 최근 책을 찾는 것보다 비교적 더 쉬울 때가 있다. 서적상들과 수집가들은 그 책이 얼마나 희귀하고 가치가 있든, 비교적 적은 이익이나 수수료만 받게 될 책들에 기꺼이 쏟는 것보다 더한 인내심과 고집으로 자연스레 고가의 희귀본을 쫓아다닌다. 바꿔 말해, 희귀본 서적상들은 포의 초판본에는 '관심'을 기울이는 반면, 중요하지 않은 책, 그러니까 한번 서적광이라는 불치병에 걸린 사람에게 공헌한, 그들의 책 수집 범주에 드는 알 수 없는 책들을 찾는 행위에 대해서는 특별한 노력을 기울이지 않는다.

있다. 책 제작시 출판사에서 넣은 속표지와 일러스트 세 장 외에도 열네 장의 일러스트가 솜씨 좋게 삽입되어 있다. 추가적으로 실린 일러스트들은 1902년 6월부터 같은 해 11월까지 애초에 이 단편들이 실렸던 《캐셀스 매거진》에서 가져왔다.

1902년에는 풍자극 형태의 거의 신성모독에 가까운 책이 출간되었다. 이 책에는 여태껏 쓰인 셜록 홈즈 패러디 가운데 아마 최고일 「사라진 시가 상자The Stolen Cigar Case」가 수록되어 있다.

31. 요약 소설Condenced Novels(두 번째 시리즈) ***HQS***

브렛 하트, 런던: 채투 앤드 윈더스(1902), 보스턴: 호튼 미플린(1902)

탐정의 이름은 헴록 존스[2]이며, 지금으로부터 거의 오십 년 전 『요약 소설』에 등장했을 때와 마찬가지로 풍자적인 면에서 오

2 셜록 홈즈의 또 다른 패러디 이름으로는 신록 본스(Thinlock Bones), 피클록 홀스(Picklock Holes), F. H. A. 홈즈(F. H. A. Holmes), 섐록 존스(Shamrock Jolnes), 셜로 콤스(Sherlaw Kombs), 솔라 폰스(Solar Pons), 홈록 시어스(Holmlock Shears) 등이 있으며, 왓슨의 패러디 이름으로는 좁슨(Jobson), 폿슨(Potson), 왓시스(Watsis), 왓소네임(Whatsoname), 왓섭(Whatsup) 등이 있다. 홈즈의 추종자들은 서른세 편의 패스티시와 풍자극이 포함된 홈즈 흉내 내기의 완벽한 역사라고 할 수 있는 우리의 셜로키언 앤솔러지(도일 재단에 의해 금서가 되었다) 『셜록 홈즈의 재난』(보스턴: 리틀, 브라운, 1944)을 구하기 위해 애쓰고 있다.

늘날에도 매력이 넘친다.

다음 해에는 미국 최초의 살인자가 단편집에서 등장했다. 링고 댄은 무자비한 냉혈 살인마일 뿐 아니라 도둑이자, 떠돌이 일꾼이며, 사기꾼이면서—이상한 조합이지만—애국자다.

32. 링고 댄Lingo Dan *H-R*

퍼시벌 폴라드, 워싱턴 D. C.: 닐(1903)

저자 증정본에 작가는 다음과 같이 썼다. "이 책은 1903년에 출간되었지만 아이디어를 모으는 데 십 년이 걸렸습니다. 나는 이 책이 셜록 홈즈, 래플스 등등의 책들 만큼 성공하기를 바라지도 않고, 이러한 신사적 주인공들과의 비교에서 벗어날 수 있으리라는 기대도 하지 않았습니다. 하지만 적어도 다른 주인공들과 다른 점이 한 가지 있습니다. 그 주인공이 미국인이라는 것이죠." 다른 주인공들과 비교되지만 작가의 희망은 실현되지 못했다. 링고 댄은 도둑이 등장하는 문학에서 잊힌 수많은 주인공들 중 하나다. 어쨌든 이 미국 태생 범죄자의 역사적 중요성은 상당하며 창작자와 창작물 모두 불멸이라는 기준에 부합할 자격이 있다.

33. 애딩턴 피스 연대기The Chronicles of Addington Peace

H-R

B. 플레처 로빈슨, 런던: 하퍼(1905)

주로 수집가들 사이에서만 오랜 세월 살아남아 그들의 수집품 목록에 영속적으로 들어가는, 알려지지 않은 또 한 권의 책이 『애딩턴 피스 연대기』다.

여기에 실린 단편들은 셜록 홈즈의 공식을 그대로 따랐다는 점에서 정통적이다. 도일의 기법을 흉내 냈다고 해서 작가에 대한 평판이 떨어지지는 않는다. 그는 도일의 발자취를 따랐던 수많은 사람 중 한 명이었다. B. 플레처 로빈슨은 진정으로 그러한 정당성을 획득했다고 할 수 있다. 셜록 홈즈의 소설 중 가장 잊지 못할 한 편과 관련해, 도일에게 영감을 제공한 사람이 그였다. 도일은 다음과 같은 헌정사로 그 빚을 인정했다. "친애하는 로빈슨, 이 이야기를 쓰게 된 계기는 당신이 알려 준 웨스트 컨트리의 전설 덕분이었습니다. 더불어 세세한 묘사를 할 수 있게 해준 당신의 모든 도움에 감사를 전합니다. 진심을 담아, A. 코난 도일." 그 홈즈의 이야기는 물론 『바스커빌가의 개The Hound of the Baskervilles』였다.

만약 바로크풍의 사랑스럽고 화려한 겉모습에 숨겨진, 수줍은 매력이 넘치는 아놀드 베넷의 진짜 성격에 대해 조금이라도 안다면 그의 덜 알려진 책들 중 하나인 『늙은 아내들의 이야기』에 등장하는 탐정의 유형에 놀라지 않을 것이다.

34. 도시 약탈The Loot of Cities **HQR**

아놀드 베넷, 런던: 올스턴 리버스(1905)

『도시 약탈』에 등장하는 세실 소롤드라는 이름의 탐정은 '즐거움을 추구하는' 백만장자이며 호기심이 많은 인물로, 탐정과 흥행업자 그리고 로빈 후드의 결합체다. 그가 맡은 사건들 대부분에서 그는 범인의 계획을 좌절시키려고 범인을 협박하거나, 사라진 팔찌를 되돌려 놓으려고 그 팔찌를 훔치거나, 로맨스를 발전시키려고 유괴를 하는 등 자신의 목적을 이루기 위해 범죄를 저지른다. 이처럼 화려한 활약상이 그다지 알려지지 않았다는 사실이 이해할 수 없을 정도다. 실제로 이 책은 아놀드 베넷의 초기 대표작으로서도, 범죄 애호가가 주인공인 초창기 추리소설의 한 사례로서도 드문 재미를 안겨 준다.

제1황금기는 그저 탐정소설 단편집처럼 보이는 기만적인 책의 출간과 함께 순조롭게 시작했다. 하지만 그 단편집은 정말 눈부신 성취를 거둔 것으로 판명되었다.

35. 위풍당당 명탐정 외젠 발몽 The Triumphs of Eugène Valmont

HQR

로버트 바, 런던: 허스트 앤드 블래킷(1906)

『위풍당당 명탐정 외젠 발몽』에 숨은 진짜 목적은 오랫동안 잘못 이해되어 왔다. 어떤 비평가들은 외젠 발몽을 단순히 코믹한 탐정이라고 생각했고, 다른 비평가들은 그를 단순히 애거서 크리스티의 에르퀼 푸아로의 전신으로 여긴다. 그러나 더 깊은 진실이 있다. 로버트 바가 의도했던 것은, 이를테면 프랑스와 영국 경찰 체계의 국가적 차이점에 대한 풍자였다. 사람들에게 인정받지 못한 역작이긴 하지만 책의 내용은 신랄하다. 특히 유머가 넘치고 따뜻하며 독창적인 명작 「건망증 클럽The Absent-Minded Coterie」은 특별 배당금 같은 단편이다. 미국 초판본(뉴욕: D. 애플턴, 1906)은 특이하게도 책 표지에 실크해트를 쓰고 장갑을 끼고 지팡이를 든 야회복 차림의, 짐작건대 외젠 발몽 탐정으로 보이는 키가 크고 반다이크 수염을 기른 기품 있는 신사가 그려져 있다. 십사 년 후 그 출판사는 멜빌 데이비슨 포스트의 『성 제임스 광장의 탐정』의 표지에 정확히 똑같은 그림을 사용했다. 짐작건대 그 책의 인물은 포스트의 탐정 헨리 마퀴스일 것이다!

같은 해인 1906년에는 유명한 울프빌 이야기를 쓴 작가가 발경감을 소개했다.

36. 탐정의 고백Confessions of a Detective *H--*

앨프리드 헨리 루이스, 뉴욕: A. S. 반스(1906)

『탐정의 고백』에 실려 있는 다섯 편의 이야기는 주로 당시의 로맨틱 양식을 보이고 있지만 로맨스의 밑에는 시대를 초월한 지난한 현실이 있다. 현실적 세계를 그린 이 책의 첫 번째 단편은 요즘의 하드보일드에서 섹스를 걷어낸, 하드보일드 유파의 선구자로서 해석될 수 있다.

다음 해에는 우리의 시야 안으로 두 개의 새로운 행성이 유영해 왔다. 도둑 왕자의 탄생을 알린 해였다. 전무후무한 캐릭터 아르센 뤼팽의 탄생을.

37. 괴도 신사 아르센 뤼팽 *HQR*

Arsène Lupin, Gentleman-Cambrioleur[3]

모리스 르블랑, 파리: P. 라피트(1907), 뉴욕: 하퍼(1907)

그의 놀라운 모험들의 첫 책인 『괴도 신사 아르센 뤼팽』은 살

3 영국에서는 『아르센 뤼팽의 세븐 하트와 또 다른 공적(The Seven of Hearts Together with Other Exploits of Arsène Lupin)』이라는 제목으로 처음 출간되었다.

아 숨 쉬는 캐릭터의 싹을 보여 주었다. 이후의 작품들에서 그 캐릭터는 놀랄 만큼 성장한다. 정점에 이르렀을 때의 뤼팽은 대단히 정력적이고 최고로 건방진, 독특한 정신세계를 가진 사나이다. 그는 자신을 둘러싼 가장 강한 캐릭터(독자들을 포함하여)들을 압도하며 최면을 거는 듯한 의지력을 행사한다. 아르센 뤼팽은 이 장르에서 억누르기 힘들고 저항할 수 없는 불멸의 캐릭터 중 하나다. 그의 지속적인 매력과 충만한 판타지의 일면은 한 명 이상의 캐릭터가 될 수 있는 능력이 있다는 점이다. 뤼팽 판타지아의 독자는 뤼팽이 아닌 다른 이름의 캐릭터가, 변장을 한 아르센이 아닐 것이라고는 결코 확신하지 않는다. 때때로 뤼팽은 전혀 뤼팽이 아니며, 믿든 말든 어떤 의미에서는 탐정 뤼팽이 사기꾼 뤼팽을 체포하는 극히 영리한 이야기다. 그의 다양한 경력들을 살펴보자면, 뤼팽은 자신을 레닌 왕자, 루이 페레나, 무슈 르노르망, 짐 바르네트, 폴 세르닌, 자니오 대위, 오라스 벨몽, 폴 도브뢰이, 베르나르 당드레지, 데시레 보드루, 플로리아니 경, 장 다스프리, 라울 드 리메지, 장 데느리스, 빅토르 오탱, 그리고 샤르므라스 공작이라고 불렀다.

단행본으로서 아르센 뤼팽의 탄생은 미국의, 사고 기계로 더 잘 알려진 위대한 탐정 오거스터스 S. F. X. 반 두젠 교수의 탄생과 일치한다.

38. 사고 기계The Thinking Machine ***HQS***

잭 푸트렐, 뉴욕: 도드, 미드 (1907)

“이 더하기 이는 사다. 이따금씩 그런 게 아니라 언제나 그렇다”라는 철학을 가진 불평 많고 엄청나게 머리가 큰 이 귀재가 고전 명작 「13호 독방의 문제The Problem of Cell 13」가 실린 『사고 기계』에 처음 등장했을 때처럼 오늘날에도 그의 작품은 참신하고 매혹적이다. 일 년 후 『사고 기계 조사에 나서다Thinking Machine on the Case』(뉴욕: D. 애플턴, 1908)를 끝으로 이 시리즈는 때 이른 중단을 맞게 되었다. 엘러리 퀸 컬렉션에 포함된 이 두 책의 초판본은 모두 ‘저자의 사인이 있는 책’이다. 그중 『사고 기계』는 잭 푸트렐이 특유의 선명하고 물 흐르는 듯한 필체로 쓴 헌사가 있는 유일한 책이라고 들었다. 그는 탐정소설 분야에서 자신에게 꼭 맞는 자리를 차지한 미국 작가 질렛 버지스에게 헌사를 썼다. 보다 더 희귀본인 『사고 기계 조사에 나서다』는 이 장르의 할머니인 캐럴린 웰스1862~1942. 미국의 시인이자 작가로 노후에 미스터리를 썼다가 소장했던 책이다. 이 책에는 그녀의 괴상한 좌우명인 ‘어째서’[4]라는 문구가 쓰인 풍자적 장서표가 들어 있다.

제1황금기는 이제 정점에 달하고 있는 중이다.

39. 일확천금을 노리는 월링포드Get-Rich-Quick Wallingford *HQS*

조지 랜돌프 체스터, 필라델피아: 헨리 알티머스(1908)

일확천금을 노리는 월링포드는 『일확천금을 노리는 월링포드』에서 사람들을 속여 그들을 정신없게 만들기 시작했다. '부침 많은 늙은 미국인 사업가의 유쾌한 거래'라는 부제보다 이 책을 더 잘 설명할 수 있는 제목은 없다.

4 질렛 버지스에 따르면 이 좌우명은 잡지 《종달새》에 처음 발표된 후에 『버지스의 난센스 북』에 실린 자신의 엉터리 시의 마지막 행에서 유래했다고 한다. 그 시는 다음과 같다.

유리창의 고통: 멜론 배앓이에 대한 상징적 테마

유리창에게는 넉 장의 판유리(panes)가 있다네

하지만 내가 가진 건 한 장
유리창의 고통은 틀에 끼어 있다는 것……
어째서!

[고통(pain)과 판유리(pane)는 발음이 같다. 또한 '멜론 배앓이'의 뜻으로 쓰인 melon colic은 melancholic(우울한)과 발음이 비슷하다. –옮긴이]

40. 점잖은 일꾼The Gentle Grafter HQ-

O. 헨리[5], 뉴욕: 맥클루어(1908)

같은 해에 사기꾼 제프 피터스와 그의 파트너 앤디 타일러가 'O. 헨리의 천재성의 일면을 보여 주는, 엉뚱하고 기발한 유머로 가득 찬' 단편집에서 데뷔했다. 『점잖은 일꾼』은 '바보에게서 돈을 이끌어 내는 한 가지 주제'로 완성된 단편집이다.

그리고 그 다음 해인 1909년에는 단편 탐정소설의 역사에 있어서 사상 최고의 열 권에 들어갈 만한 단편집 두 권이 출간되었다. 그 첫 번째 책은 우리에게 탐정소설 역사상 최초의 안락의자 탐정을 선사했다. 런던에 있는 커피숍에는 트위드 슈트, 나비넥타이, 구식 칼라 차림에 안경을 쓴 가녀린 체구의 이름 모를 노인이 있다. 다 해진 노끈 조각을 맸다 풀었다 하며 범죄 현장을 방문하지도, 증거를 조사하지도, 용의자를 심문하지도 않고, 구석진 테이블에서 치즈 케이크를 우적우적 씹으며 우유를 홀짝이는 동안에는 자리에서 일어나지도 않은 채 미스터리들을 해결하

5 이 장르에 대한 O. 헨리의 기여와 그의 눈부신 다재다능함에 대한, 보다 완전한 그림을 보고 싶다면 엘러리 퀸이 선정하고 서문을 쓴 O. 헨리의 첫 탐정소설 단편집 『경찰들과 도둑들』(뉴욕: 아메리칸 머큐리, 1948)을 보라.

며 영원히 앉아 있을 것이다.

41. 구석의 노인 사건집The Old Man in the Corner *HQS*

오르치 남작부인, 런던: 그리닝(1909)

『구석의 노인 사건집』에 등장하는 창백하고, 가녀리며, 소심한 주인공이 단순히 단편집에서만 등장하는 경이로운 인물이라고 주장하는 비평가들이 있지만 시간이 흐르면 흐를수록 우리는 '구석의 노인'이 탐정 문학에 그야말로 뚜렷한 기여를 했다는 것을 깨닫게 된다. 구석의 노인은 서지학적으로도 미스터리다. 1902년 잡지들에 게재되기 시작한 최초 단편들이 단행본으로 출간된 것은 1909년이다. 왜 이 초기 단편들이 칠 년이나 늦게 단행본으로 출간되었는지는 알려져 있지 않다. 하지만 초기 단편들이 단행본으로 출간되지 않은 동안 구석의 노인 두 번째 시리즈가 『미스 엘리엇의 사건』(런던: T. 피셔 언윈, 1905)이라는 제목의 단행본으로 출간되었다. 이 책의 초판본은 거의 사람들에게서 잊혔고, 이 얇고 희귀한 판본은 오늘날 구하기가 거의 불가능하다. 나중에 쓰인 작품들이 처음에 쓰인 작품들보다 일찍 출간된, 우리가 아는 유일한 예다.

1909년에는 위대한 과학자 탐정이 등장하는 또 다른 고전이 세상에 선보였다.

42. 존 손다이크의 사건John Thorndyke's Case *HQS*

R. 오스틴 프리먼, 런던: 채투 앤드 윈더스(1909)

『존 손다이크의 사건』에서 당신은 따뜻함이나 유머를 거의 찾아볼 수 없을 것이다. 이야기를 풀어 나가는 스타일은 손다이크 박사의 과학 수사 방법만큼이나 정밀하다. 이 느리고, 공들인 기법은 현대의 독자들로 하여금 손다이크 시리즈가 지루하고 따분하며 재미없다는 결론으로 이끌었다. 만약 당신이 진짜 감식가의 심장을 갖고 있다면 그것은 얼토당토않은 말이다. 아마 당신은 손다이크를 좋아해야 할 필요가 있을 것이며, 손다이크에는 시간과 노력을 들일 가치가 있다. 그리고 오래된 포도주를 대하듯 당신이 손다이크 빈티지의 풍부함과 풍미와 향취의 진가를 안다면, 순수한 탐정소설[6]이라는 즐거움에 값을 매길 수 없는

6 R. 오스틴 프리먼 자신은 손다이크 박사를 결코 탐정으로 생각하지 않았다는 점이 흥미롭다. 작가는 '손다이크는 범죄를 조사하지만 탐정은 아니다'라는 글을 쓴 적이 있다. 그런 다음 프리먼 박사는 이 차이를 자세히 설명하며 '스코틀랜드 야드[런던 경찰국–옮긴이]의 테크닉은 손다이크에게 적합하지도 가능하지도 않다. 그는 법의학 전문가이며 법의학적 과학이 그가 문제를 해결하는 방법들'이라고 말한다. 법의학과 관련한 문제들에 있어서는 프리먼 박사의 생각에 동의하기 어렵다. 우리는 모든 비평가와 독자의 정서에 단순히 목소리를 얹음으로써 손다이크

요소를 빠뜨리지 않을 것이다. R. 오스틴 프리먼의 작품의 보다 깊은 퀄리티는 세심한 기획과 만족할 만큼 탄탄한 구성에 있다.

같은 해인 1909년에는 초판본을 구하기가 가장 어려운 J. S. 플레처의 단편집 또한 출간되었다.

H-R

43. 아처 도의 모험The Adventures of Archer Dawe(Sleuth-Hound)

J. S. 플레처, 런던: 롱 디그비(1909)

중요한 자리가 『아처 도의 모험』에 부여되었지만 플레처 씨의 셀 수 없이 많은 단편집 가운데 『망루望樓의 비밀』(런던: 호더 앤 드 스토턴, 1924)과 『공작석孔雀石 단지』(런던: W. 콜린스, 1930)를 언급하지 않을 수 없다.

1910년 즈음해서 유럽에서는 중요한 튜턴인북유럽을 구성하는 게르만 민족 중 하나 탐정이 첫선을 보였다—책을 찾기가 거의 불가능한 다고베르트 트로스틀러 시리즈. 대부분의 사람들이 책 속에서든 밖에서든 헤어Herr. 영어의 Mr.에 해당하는 독일어 다고베르트를 '오스트리아의 셜록 홈즈'라고 부르는데도 '많은 사람들은 다고베르트가 그의 성姓인지조차 몰랐다.'

박사가 탐정일 뿐 아니라 현재에도 영업중인 가장 위대한 탐정들 중 하나라고 확신한다.

44. 탐정 다고베르트의 행위와 모험 *H-R*

Detektiv Dagoberts Taten Une Abenteuer

발두인 그롤러, 라이프치히: 필리프 레클람 주니어(1910)

『탐정 다고베르트의 행위와 모험』의 주인공은 순수한 아마추어 탐정이다. S. S. 밴 다인이 창조한 탐정 파일로 밴스의 유럽 대륙판 원형인 그는 아마추어 뮤지션이자 진짜 예술품 감정가이며 여자, 음식, 술, 시가 등 만사에 능한 부유한 호사가다. 그리고 그의 친구들은 빈 사회의 특권층에 속한다. 그의 외모를 살펴보자면, "그의 두상은 사람들의 주목을 끌 운명이었다. 그는 정말 눈에 띄는 모습으로 파우누스숲의 신으로 남자의 얼굴에 염소의 몸을 하고 있다와 열두 사도 사이 어딘가에 존재할 것만 같다. 검은 턱수염으로 뒤덮인 둥근 얼굴은 정말 삶의 기쁨을 내뿜으며, 대머리 한가운데에 있는 성 베드로의 자물쇠 모양의 점을 보면 후광이 있는지 찾고 싶은 유혹마저 느낀다."

1910년과 1912년 사이에 열여덟 편의 다고베르트 이야기가 담긴 여섯 권의 책이 모두 같은 제목을 달고 라이프치히에서 출간되었다. 우리가 추적할 수 있었던, 네 편의 단편이 실린 또 다른 다고베르트 단편집만이 『새로운 탐정 이야기』라는 제목의 얇은 보급판으로 1914년에 라이프치히뿐만 아니라 헤세 앤드 베커 출판사에서도 출간되었다.

1910년에는 해밀턴 클릭의 이야기가 단편과 장편 소설 들로 이루어진 긴 시리즈의 첫선을 보인다. 해밀턴 클릭은 어떤 때는 조지 헤드랜드, 어떤 때는 딜랜드 중위, 어떤 때는 버베이지 선장으로 변신했는데, 이중 가장 로맨틱한 인물은 붉은 옷을 입은 진짜 모라바니아의 왕자였다. 클릭의 이야기들을 보는 관점은 두 가지였다. 당대의 비평가 대부분은 그 이야기들을 우습게 여겼으며, 클릭이 사냥감들을 덮칠 때면 예외 없이 사용하던, 과장되고 구닥다리 방식인 '클릭 가문의 기묘한 재주'를 일고의 가치가 없다고 일축했다. 존 카터는 정말 클릭 연대기를 "믿기 위해서 읽어야만 한다"고 말했고, 그의 이 말은 분명히 무례한 말이다. 아무도 무성 영화 같은 대화를 하는 그라우스타크조지 바 매커천의 소설에 나오는 가상의 왕국 그라우스타크의 로맨틱한 멜로드라마조 모험담 대용품 같은 작가의 스타일의 번드르르한 결점들을 부정할 수는 없지만.

45. 마흔 가지 얼굴을 가진 남자The Man of the Forty Faces ***H-R***

T. W. 핸슈, 런던: 캐셀(1910)

반면 존 딕슨 카처럼 예리하고 안목 있는 전문가를 포함한 일급 탐정소설 작가들은, 지나치게 달콤한 영웅 대하소설『마흔 가

지 얼굴을 가진 남자』에 오랫동안 애정을 품어 왔다고 고백했다

에도가와 란포는 이 단편집에 영감을 얻어 아케치 고고로 탐정이 등장하는 『괴인이 십면상(怪人二十面相)』을 썼다.

제1황금기는 그간 출간되어 왔던 가장 대담하고 창의적인 책들 중, 소설 역사상 최초로 '거짓말 탐지기'를 등장시키는 등, 범죄 수사 방법으로서 과학적 심리학을 이용한 첫 단편집의 출간과 함께 막을 내렸다.

46. 루서 트랜트의 업적 The Achievements of Luther Trant ***HQR***

윌리엄 맥하그 & 에드윈 발머, 보스턴: 스몰, 메이너드(1910)

『루서 트랜트의 업적』은 전시에 차고 넘쳤던 선집 편집자들에게조차 무관심과 방치의 희생자였다. 운명 또한 이 탐정소설 역사의 이정표를 불친절하게 다루었다. 우리 최고의 앤솔러지인 『101년간의 오락』에 루서 트랜트가 등장하는 훌륭한 단편 「액스턴에서 온 편지들」을 포함시킬 계획이었지만 마지막 순간 제작의 장애로 인해 목록에서 빼야 했다. 최근 앤서니 바우처는 그의 책 『미국의 위대한 추리소설』에 같은 단편을 수록할 생각이었지만 책의 편집자가 또다시 공간의 제한 때문에 비평가적 양심을 외면했다. 그러나 우리는 맥하그와 발머의 책이 그 희소성에도 불구하고 서지학의 세계 속에서 절대 침몰하지 않을 것으로 확

신한다.

1901년에서 1910년 사이의 제1황금기는 단편 추리소설 분야에서, 앞선 도일의 십 년이 낳은 중요한 책들의 수보다 네 권이 더 많은 열여덟 권의 초석들을 낳았다. 뒤팽, 르콕, 셜록 홈즈, 마틴 휴잇, 잘레스키 왕자, 래플스 이후로 영광스러운 이름들이 탐정 명부에 추가되었고, 악당 명부에 등록되었다. 우리는 외젠 발몽, 아르센 뤼팽, 사고 기계, 일확천금을 노리는 월링포드, 구석의 노인, 손다이크 박사, 클릭 그리고 루서 트랜트라는 불멸의 이름들이 앞서 언급한 이들과 어깨를 나란히 한다고 여긴다. 그럼에도 불구하고 우리는 아직 탐정의 세계가 완전한 꽃을 피우지 않았다는 절대 진리를 말하지 않을 수 없다. 위대한 탐정들(그리고 여자 탐정들)은 여전히 태동하는 중이었다.

VI 제2황금기

제2황금기는 정점에서 시작해서 정점에서 끝났다. 첫해인 1911년에는 가장 훌륭한 단편집 중 한 권이 출간되었고, 십 년간의 제2황금기 중 마지막 해인 1920년 한 해에만 초석이 될 단편이 무려 여섯 편이나 배출되었다. 그리고 이 기간 동안 단편 탐정소설은 "누르고 흔들어서 넘치도록 후하게 담아서누가복음 6장 38절" 출간되었다.

1911년에 출간된 기적의 책은 독자들이 영원히 감사해야 할 브라운 신부를 소개했다. 브라운 신부의 위상에 대해서는 바너비 로스엘러리 퀸의 다른 필명으로 드루리 레인이 등장하는 비극 시리즈를 썼다가 다음과 같은 글로 적절히 표현했다. "만약 추리소설에서 홈즈와 자리를 나란히 할 동심innocence과 지혜wisdom를 겸비한 등장인물이 있다면, 의심incredulity이 절정에 달한 브라운 신부다."동심, 지혜, 의심은 모두 브라운 신부가 등장하는 단편집 제목에서 따왔다. innocence(동심)는 한국에서 결백으로도 번역되어 있다.

47. 브라운 신부의 동심The Innocence of Father Brown ***HQS***

G. K. 체스터튼, 런던: 캐셀(1911)

당신은 『브라운 신부의 동심』에서 체스터튼의 경이로울 정도의 천재성을 볼 수 있을 것이다. 놀랄 만큼 영리한 플롯, 독특한 스타일, 초자연과 자연의 대립과 언어에 대한 화려한 역설. 우리는 어떤 유명한 미스터리 애호가에게 브라운 신부가 "지금까지 등장한 탐정들을 통틀어 가장 위대한 탐정 셋 중 한 명이다"라고 편지를 쓴 적이 있다. 상대방은 약간 어리둥절해하며 답장했는데, 그는 '가장 위대한 세 명' 중 한 명을 셜록 홈즈라고 (정확히) 추정했지만, 우리가 의미한 세 번째 탐정이 누구인지 확신하지 못했다. 이것이 나무만 보고 숲을 보지 못하는 완벽한 문학적 사례다. 그 세 번째는 물론 첫 번째이다—포의 뒤팽.

48. 평범한 존스Average Jones ***HQ-***

새뮤얼 홉킨스 애덤스, 인디애나폴리스: 밥스-메릴(1911)

1911년에 브라운이라는 이름의 일등성一等星이 등장했고……

그리고 우연히도 같은 해에 존스라는 이름의 덜 밝은 별—『평범한 존스』로 더 익숙한 에이드리언 밴레이펜 에거턴 존스가 등장했다. 초판본 책 커버의 광고문에 이름을 밝히지 않은 어떤 작가의 말에 따르면 평범한 존스는 "셜록 홈즈 이래 가장 똑똑한 탐정이다. 이 책에 실린 모든 단편은 참신하고 독창적이다. 강력한 미스터리만큼이나 유머가 넘친다. 모험은 자극적 감각 이상으로 두드러진다. 여기에 나오는 사건들은 무시무시하고 끔찍하지 않다. 대신 명랑하고 활발하며 매혹적이다." 광고 문구를 쓴 작가는 지나치게 열광적이었지만 그가 쓴 광고 문구 이상으로 정확한 묘사다.

1912년에는 탐정소설계의 과학 수사와 관련한 미국적 재능, 컬럼비아 대학교의 크레이그 케네디 교수가 탄생했다.

49. 조용한 총알The Silent Bullet ***H-S***

아서 B. 리브, 뉴욕: 도드, 미드(1912)

아서 B. 리브의 작품을 기초로 제작된 영화로 인과응보에 관한 이야기인 〈움켜쥔 손〉은 손다이크 박사의 과학적 탐정의 위상에는 훨씬 미치지 못하지만, 작가의 첫 번째 단편집 『조용한 총알』은 명백한 초석이다. 같은 해에 익명으로 출간된 가짜 예언가의 모험에 관한 단편집 역시 마찬가지다. 작가는 책 속의 암호

메시지에 의해 정체가 밝혀졌다. 단편 스물네 편의 제목 첫 단어의 첫 알파벳을 따서 읽으면 '저자는 질렛 버지스THE AUTHOR IS GELETT BURGESS'가 되며, 스물네 편의 마지막 단어의 마지막 알파벳을 따서 읽으면 '가짜 인생과 가짜 예술false to life and false to art'이 된다.

50. 미스터리의 대가The Master of Mysteries *H-S*

[질렛 버지스], 인디애나폴리스: 밥스-메릴(1912)

『미스터리의 대가』에서 매우 꼬인 모습으로 등장하는 탐정 애스트로건 커비 또는 애스트로Astro. 별, 천체라는 뜻의 접두어로 점성술사를 의미하기도 한다는 아르메니아 출신으로, 보석으로 장식된 터번, 하늘하늘한 실크 가운, 은장식 물 담뱃대, 애완용 흰 도마뱀으로 치장하고 손금 예언가와 수정 구슬 예언가를 가장한다.

1912년에는 열다섯 편의 철도 이야기가 담긴, 서지학적으로 중요하며 엄청나게 희귀한 페이퍼백이 출간되었다. 처음 아홉 편은 소프 헤이즐의 '개인 수첩에서 발췌한 사건들'이다.

51. 스릴 넘치는 철도 이야기Thrilling Strories of the Railway *HQR*

빅터 L. 화이트처치, 런던: C. 아서 피어슨(1912)

『스릴 넘치는 철도 이야기』의 주인공은 채식과 체조 신봉자다. 추리소설의 역사에서 볼 때 더욱 중요한 사실은, 그는 프랜시스 린드의 『과학적인 스프래그』(뉴욕: 찰스 스크리브너, 1912)에 넉 달 앞선 최초의 철도 탐정이란 것이다.

1912년은 R. 오스틴 프리먼이 단편 탐정소설 분야에 두 번째로 소중한 기여를 한 중요한 해다.

52. 노래하는 백골The Singing Bone *HQS*

R. 오스틴 프리먼, 런던: 호더 앤드 스토턴(1912)

작가는 『노래하는 백골』에서 오늘날 소위 '도서倒敍' 추리라는 장르를 발명했다. 프리먼 박사는 탐정소설의 관례적 재미는 모두 '누가 범인인가?'에 관한 의문에 초점이 맞춰졌다고 설명했다. 범인의 정체는 이야기의 끝까지 드러나지 않다가 그 폭로(여전히 작가의 말을 인용하여)가 마지막 절정에 이루어지는 방식이다. 진실로 과학적 호기심이 강했던 프리먼 박사는 자신에게 진지한 질문을 던졌다. "독자가 애초에 작가의 의도대로 온전히 이끌려 범죄의 실제 목격자가 되고 범죄를 간파할 수 있는 모든 사실을 제공받을 수 있는 탐정소설을 쓰는 것이 가능할까?" 다시 말해 보통의 순서와 거꾸로, 탐정의 도움 없이 모든 것을 독자에게 알리는 것이다. 모든 사실을 알고 있는 독자가 탐정이 미스터리를 해결하기에 앞서 추론하는 것이 가능할 것인가?

프리먼 박사는 새로운 기법에 도전하기 위해 고의로 퍼즐, 반전, 서스펜스를 내던진 용감한 장인이었다. 그러나 그의 무모하지만 고결한 실험은 역사적으로 중요한 성공을 이뤘다. 프리먼의 도서 추리 단편들은 탐정소설 발전에 기념비적인 기여를 했고, 독자가 비극으로 이어지는 끔찍한 사건으로 한 걸음씩 이끌리는 순수한 심리학 기법을 사용한 근대 범죄소설의 걸작들이 그러한 단편들에서 태어났다.

53. 유령 사냥꾼 카나키Carnacki the Ghost-Finder **HQR**

윌리엄 호프 호지슨, 런던: 에블리 내시(1913)

근대 탐색 기법과, 보다 오래전의 스토리텔링 형태를 결합한 또 다른 일탈이 『유령 사냥꾼』에서 구현되었다. 혹은 분리되었거나.

카나키는 후디니가 좋아할 만한 유령의 집과 그와 비슷한 현상을 (회의적인 시각과 좋은 카메라로 무장한) 수사 기법을 통해 조사하며, 몇몇 단편에서는 초자연적인 미스터리를 완벽하게 자연적인 해답으로 이끈다. 이 책은 미국에서 삼십사 년 뒤에 출간(위스콘신 소크 시티: 마이크로프트 앤드 모런, 1947)되었다. 미국판은 오거스트 덜레스1909~1971. 미국의 작가이자 러브크래프트의 작품들을 출판한 출판업자가 찾아낸, 영국의 초판본에 포함되지 않은 세 편의 단편을 포함하고 있기 때문에 중요하다.

우리는 그동안 미스터리 장르에서 독특한 인물인 애나 캐서린 그린에 대한 언급을 빠뜨렸다. 어느 나라와 어느 언어를 불구하고 '순수한' 탐정소설을 쓴 최초의 여성인 그녀는 미스터리 장르의 가장 중요한 시기에 저작 활동을 이어 갔다. 그녀가 쓴 단편집들은 1883년에서 1915년에 걸쳐 있다. 역사적으로나 창의적인 면으로나 놀랄 만한 기간이다.

54. 미스터리의 걸작들Masterpieces of Mystery ***H-S***

애나 캐서린 그린, 뉴욕: 도드, 미드(1913)

그녀의 가장 중요한 단편집인 『X. Y. Z.』(뉴욕: G. P. 퍼트넘, 1883)과 『7 TO 12』(뉴욕: G. P. 퍼트넘, 1887)를 수집—두 책 모두 오리지널 커버가 있다—하는 관점과 초석을 판단하는 관점에서 볼 때, 어쨌든 그녀의 가장 대표적인 책은 『미스터리의 걸작들』이다. 편집자가 분명히 후회했을 이 뻔뻔한 제목의 책은 1919년에 단순하게 『방 번호 13과 그 밖의 이야기들』로 바뀌어 다시 간행되었다. 또 다른 대표작인 『황금 슬리퍼와 바이올렛 스트레인지의 문제들』(뉴욕: G. P. 퍼트넘, 1915)에 등장하는 바이올렛 스트레인지는 '발랄함의 화신'이었던 사회 초년생에서 '독

특한 성격이 빛나는, 고귀한 영혼을 가진 여성으로 성장한다.'

55. 노벰버 조November Joe *H-S*

헤스케스 프리처드, 보스턴: 호튼 미플린(1913)

다시 신구를 조합한 또 한 명의 변형된 탐정이 『노벰버 조』에서 오지奧地 탐정이라는 정체를 드러낸다. 이 책은 "셜록 홈즈의 전문 분야가 이 밀림 생활자의 일상이다. 관찰과 추론이 그의 일상의 요점이기도 하다. 그는 그야말로 삶을 읽는다. 숲이 그의 페이지다"라고 언급한다. 기념비적인 개념의 노벰버 조는 "당장이라도 사람보다는 사슴을 사냥해야 할" 현대 레더스타킹Leatherstocking도시에서 떠나 야생에서 살아가기 위해 생존 기술을 연마하는 사람 같은 사람이다. 작가 프리처드는 영국 사람이지만 미국판이 영국 초판본(런던: 호더 앤드 스토턴, 1913)보다 한 달 앞서 출간되었다. 후에(런던: 필립 앨런, 1936) 존 버컨1875~1940. 스파이 모험 활극 소설 『39계단』을 쓴 영국 작가의 짧은 서문이 실린 '보급판'이 간행되었다.

56. 맹인 탐정 맥스 캐러도스Max Carrados *HQR*

어니스트 브라마, 런던: 메슈언(1914)

1914년 '현명하고 재치 있고 점잖은' 맥스 캐러도스(본명은 맥스 윈)—근대 소설에서 최초의 시각 장애인 탐정—가 『맹인 탐정 맥스 캐러도스』에서 초감각적인 경력을 시작했다.

어떤 기준으로도 이 책은 최고의 추리 단편집 열 권 중 하나이지만 영국에서 찍은 6쇄가 십 년 안에 모두 팔렸다는 사실에도 불구하고 미국에는 출간된 적이 없다.

맥스 캐러도스는 손끝으로 잉크 자국을 더듬어 미세한 신문 활자를 읽을 수 있다. 또한 자신을 천천히 스쳐 간 남자가 가짜 수염을 달고 있다는 것을 추리한다. 그러한 놀라운 추론까지는 말할 것도 없지만, 맥스 캐러도스조차 미국 출판업자의 둔감함을 설명할 수는 없다!

57. 다이앤과 친구들Diane and Her Friends **HQS**

아서 셔번 하디, 보스턴: 호튼 미플린(1914)

여섯 편의 단편이 실린 『다이앤과 친구들』에서는 겸손하고 철학적인 졸리 경위가 등장한다. 문체는 요즘의 퉁명스러우리만치 짧고 거친 산문에 비해 환영할 만큼 정중하고 온화하다. 그로부터 이 년 뒤 문학적으로 높은 예술성이 있는 어떤 작품이 순식간에 명작이 되었다.

58. 라임하우스의 밤Limehouse Night *HQS*

토머스 버크, 런던: 그랜트 리처즈(1916)

교묘한 살인과 동양적 열정이 넘치는 단편들이 실린 『라임하우스의 밤』은 작가의 걸작 「오터몰 씨의 손The Hands of Mr. Ottermole」의 전조가 되었다. 마지막 문장이 분위기를 환기하고 공포를 불러일으키는 이 단편은 (믿거나 말거나!) 미국 잡지 《칼리지 유머》 1931년 5월호에 처음 실렸다. 그 단편은 『공 노인의 농담』(런던: 컨스터블, 1931)에서 찾을 수 있으며, 미국에서는 『라임하우스의 다방』(보스턴: 리틀, 브라운 1931)이라는 제목으로 출간되었다. 이 책들은 총력을 기울여 찾아다닐 가치가 있는 책이다.

59. 세상의 구석구석The Corners of the World *HQS*

A. E. W. 메이슨, 런던: 호더 앤드 스토턴(1917)

『세상의 구석구석』에는 덩치 크고 장난기 많은 아노가 등장하는 유일한 단편으로 오랫동안 알려진 「세미라미스 호텔 사건The Affair at the Semiramis Hotel」을 포함하여 열두 편의 단편이 실려 있다. 가브리엘 아노는 실제 파리 경찰청장이었던 마세와 고로를 합쳐 놓은 인물이다. 카이사르를 겁먹게 할 수 있을 만큼 여위거나 배고픈 기색이라고는 없는 이 프랑스 경찰은, 그의 덩치만큼이나 엄청난 유머 감각을 타고났으며 고상한 양식을 겸비했다. 단편 형식으로는 유일하다고 추정되는 아노의 공적은 『세미라미스 호텔 사건』(뉴욕: 찰스 스크리브너, 1917)이라는 제목으로 이 한 편만 실린 단행본에 존재한다. 이 책이 『세상의 구석구석』이 출간되기 팔 개월 전에 출간된 진정한 초판본이지만 우리는 이 판본의 소재를 찾을 수 있으리라는 희망을 버렸다. 이 판본은 20세기 들어 가장 먼저 희귀본이 된 책들 중 하나다.

실제로 아노가 등장하는 세 편의 짧은 이야기가 더 있다. 그 중 한 편은 아노가 주인공이 아닌 소설 『사파이어』(런던: 호더 앤드 스토턴, 1933)로 그 책에서 아노가 등장한다. '리모주에서 온 사나이'라는 제목이 달린 열일곱 번째 챕터는 사실상 이 소설과는 하등의 관계가 없는 완전하고 독립된 단편이다. 아노와 리카르도 모두 이 챕터에 등장하며 아노는 결말에 이를 때까지 무슈 쇼나르라는 가명을 사용하고 있다. 이 이야기에는 아노의 가장 눈부신 말실수 중 하나가 담겨 있다. 그는 C. I. D.영국 경찰청 범죄 수사과를 Q. E. D.'이상 증명 끝'이라는 뜻라고 말한다.

나머지 두 편의 아노 단편 중 「생강 왕」은 《스트랜드》 1940년 8월호에 실렸고, 정확히 십 년 뒤에 《엘러리 퀸 미스터리 매거진》 1950년 8월호에 실렸다. 나머지 한 편인 「치유자」는 오직 원고지 형태로만 존재한다. 소문에 의하면 메이슨 씨는 「치유자」의 애초 구상이 장편에 더욱 적합하다고 판단했다. 따라서 계획이 바뀌었고, 엄청나게 늘어난 「치유자」는 당연히 『그들은 체스의 말이 되지 않았을 것이다』(런던: 호더 앤드 스토턴, 1935)가 되었다.

1918년 멜빌 데이비슨 포스트는 이 장르에 궁극의 기여를 했다. '무고한 자의 보호자이며 잘못을 바로잡는 사람', '신의 목소리이자 오른팔'인 충실하고 우직한 제퍼슨 시대의 버지니아 대지주 엉클 애브너가 등장하는 책의 출간이다.

60. 엉클 애브너의 지혜 Uncle Abner *HQR*

멜빌 데이비슨 포스트, 뉴욕: D. 애플턴(1918)

체스터튼의 『브라운 신부의 동심』이 영국 작가가 쓴 모든 탐정소설 단편집 중에서 도일의 『셜록 홈즈의 모험』 다음으로 꼽히는 것처럼, 『엉클 애브너의 지혜』는 미국 작가가 쓴 모든 탐정소설 단편집 중에서 포의 『이야기들』 다음에 위치한다. 이 발언은 독단적인 동시에 기탄없는 생각이다. 이 가차 없고 계산적인 비평은 오늘날 우리가 진심으로 그것이 사실이라고 믿는 것처럼 이천 년대에도 사실로서 믿을 것이다. 두 미국인과 두 영국인이 쓴 이 네 권의 책은 그들이 쓰고자 했던 분야—범죄의 정수—에서 가장 멋진 책이다. 이 책들은 미래의 추리소설 작가들이 목표로 삼을, 이 세상에 있을 것 같지 않을 만큼 훌륭한 목표지만 여기에 도전한다는 것은 피라미드에 조약돌을 던지는 것과 같을 것이다.

십 년쯤 후인 1927년과 1928년에 멜빌 데이비슨 포스트가 엉클 애브너 두 번째 시리즈—중편 한 편과 단편 세 편—를 썼다는 사실은 대개 알려져 있지 않다. 그 제목들은 「힐하우스 미스터리」(중편), 「악마의 발자국」, 「어두운 밤」, 그리고 아마 엉클 애브너 시리즈의 제목을 통틀어 가장 완벽한 제목일 「언덕 위의 신」이다. 전적으로 믿기 힘들어 보이지만 이 단편들의 어느 것도 단행본으로 나오지 않았다—안됐구나, 출판계여.

1918년에는 최초로 탐정 통신교육을 받아 탐정이 된 작은 마을의 도배장이의 등장 또한 목격할 수 있다. 파일로 겁은 담황색 표지의 책에서 그의 소박한 추론을 수행한다. 그 책의 표지 일러스트를 보자면 큰 키에 비쩍 마른 홈즈 같은 인물이 모자를 쓰고 드레싱 가운을 입은 채 셜록 같은 얼굴로 긴 파이프를 물고 있다. 그의 뒤 테이블에는 거대한 현미경이 놓여 있고, 아름다운 처녀가 의뢰인 의자에 앉아 있으며, 뒤로 보이는 책장에는 육중한 책들이 빼곡히 꽂혀 있다. 벽에는 라이징 선 탐정사의 통신교육 수료증이 담긴 액자가 걸려 있다. 『파일로 겁』은 당시 유행했던 이 모든 것에 대한 향수를 불러일으킨다.

61. 파일로 겁Philo Gubb H--

엘리스 파커 버틀러, 보스턴: 호튼 미플린(1918)

비록 통신교육 유형은 아닐지라도 같은 맥락에서 조지 바 매커천의 『탐정 앤더슨 크로』(뉴욕: 도드, 미드, 1920)가 있다. 그라우스타크의 창조자인 조지 바 매커천은 앤더슨 크로를 활동은 활발하지만 탐색하고자 하는 열망은 우스꽝스러운 칠십대 노인 탐정으로 묘사한다. 그러나 그는 경찰서장으로서, 소방대장으로서, 무단결석 학생 지도원으로서, 지역 군인회 회장으로서, 세군데 탐정 사무소의 회원비를 완불한 회원으로서, 그리고 팅클타운 교도소의 잡역부 대장으로서 다양한 능력을 자랑하는 명백히 뉴욕 팅클타운의 '1등 시민'이다.

통신교육을 통한 엉터리 탐정의 전통은 영국에서는 거의 '셔틀랜드 야드스코틀랜드 야드에 대한 말장난의 피트 모란'이라고 불리는 퍼시벌 와일드의 『탐정 피트 모란P. Moran, Operative』(뉴욕: 랜덤 하우스, 1947)을 통해 당당하게 부활했다. 파일로 겁, 앤더슨 크로, 그리고 P. 모란은 한 세대에 한두 번 나올까 말까 한 웃기는 탐정들이다. 그들은 추리계의 비상한 사람들로 유머러스한 홈즈들이며 익살맞은 르콕들이다.

남태평양을 배경으로 한 컬러풀한 단편들로 유명한 존 러셀의 많은 이야기들은 범죄와 경찰에 대해 다루고 있다.

62. 붉은 자국The Red Mark HQS

존 러셀, 뉴욕: 앨프리드 A. 크노프(1919)

그의 최고의 단편집이 『붉은 자국』이라는 제목으로 첫 출간되었고, 1921년에 같은 출판사에서 『인도가 끝나는 곳』으로 제목이 바뀌어 다시 출간되었다. 코난 도일은 이 단편집을 일컬어 데뷔작으로서는 "키플링의 『산중야화Plain Tales』 이래 최고의 단편집"이라 평했고, 해리 핸슨1884~1977. 미국의 저널리스트, 편집자, 문학비평가은 "날것 그대로의 삶과 과장된 원초적 감정으로 가득한 놀라운 이야기"를 담은 책이라고 평했다. 존 러셀이 지은 보다 정통적인 범죄 이야기로 꼭 찾아 읽을 만한 가치가 있는 책은 『경찰들과 강도들』(뉴욕: W. W. 노턴, 1930)이다.

제2황금기의 마지막 해인 1920년까지 왔다. 1920년에는 미래에 우리의 근간이 될 여섯 편의 초석이 더해졌다. 그리고 그 순도 높은 창작물과 함께 빛나는 영광 속에 제2황금기 십 년을 마무리 지었다.

63. 대도시의 수수께끼Mysteries of a Great City *H-R*

윌리엄 르 큐, 런던: 호더 앤드 스토턴(1920)

1895년 이래 수많은 단편집을 써 온 윌리엄 르 큐는 우리에게 순도 높은 탐정 이야기의 정수인 '전 파리 경찰청 부경찰청장 무슈 리울 베크의 회고록'이라고 할 수 있는 『대도시의 수수께끼』를 선사했다.

64. 꿈꾸는 탐정The Dream-Detective *H-R*

색스 로머, 런던: 제럴즈(1920)

푸만추 박사의 창조자로 알려진 색스 로머는 고풍스러운 갈색 중산모, 금테 코안경, 검은색 실크 머플러, 뾰족한 구두코의 유럽식 부츠 차림으로 범죄 현장에 빨간 쿠션을 들고 넓은 이마를 들이미는 늙은 골동품상 모리스 클로의 창조자이기도 하다. "모리스 클로의 기묘한 추리 방법 때문에 『꿈꾸는 탐정』에서의 그는 사이비 탐정이라고 할 수 있다." 역사적인 관점으로나 정서적인 관점에서 푸만추 박사가 처음으로 등장하는 작품인 『푸만추의 비밀The Mystery of Dr. Fu-Manchu』이 초석으로 인정받았어야 했을지도 모른다. 이 책은 열 편의 연관된 단편으로 이루어져 있다. 네

이랜드 스미스 탐정과 푸만추 박사 간의 끊임없는 대결이 이 책의 내용이다. 어마어마하게 악한 성격의 악마 같은 푸만추. "오늘날 대학에서도 가르칠 수 없는 알려지지 않은 어떤 예술과 과학"을 포함하여 모든 종류의 예술과 과학에 능한 자. 세 명의 천재의 두뇌를 합친 정신적 거인. "셰익스피어 같은 이마에 악마 같은 얼굴, 민머리와 사람을 끄는 찢어진 눈"을 한 큰 키에 비쩍 마른 고양이상의 악마……. "끔찍한 것을 상상하라. 그것이 황화黃禍황인종이 서양 문명을 압도한다는 백인종의 공포심의 화신 푸만추 박사의 심상이다." 아, 그립구나!

65. 캐링턴 사건집Carrington's Cases *HQR*

J. 스토리 클라우스턴, 에든버러: 윌리엄 블랙우드(1920)

J. 스토리 클라우스턴은 『캐링턴 사건집』에서 총명하고 수더분한 둥근 얼굴에…… 깔끔하게 손질된 콧수염을 기르고, 자신을 사설탐정이라고 칭하길 좋아하는 외알 안경을 쓴 사립탐정을 창조하여 명단의 한 자리를 차지했다.

66. 특별한 햄릿The Unique Hamlet *HQR*

빈센트 스타렛, 월터 M. 힐의 친구들 사가판(私家版)(1920)

빈센트 스타렛은 '셜록 홈즈 씨의 여태까지 알려지지 않은 모험'이라는 부제가 붙은 『특별한 햄릿』을 씀으로써 후대에 불멸의 작가로 자리매김했다. 이 작품은 누구나 인정하는 현존 최고의 홈즈 패스티시다. 『특별한 햄릿』의 초판본은 또한 셜록 홈즈 관련 문헌 가운데 가장 희귀한 것 중 하나로 사실상 존재하지 않는다.

67. 투트와 투트 씨Tutt and Mr. Tutt[1] *HQS*

아서 트레인, 뉴욕: 찰스 스크리브너(1920)

아서 트레인은 유명한 투트 시리즈 첫 이야기 『투트와 투트 씨』의 첫 출간으로 대배심의 배심원이 되었다. 하버드 로스쿨 교수회는 장래의 법학도들을 위한 선정 도서 목록에 '법률가로서 일하면서 맞닥뜨릴지도 모를 복잡하고 다양한 의문에 창의성을 보여 줄 흥미로운 단편집'으로서 투트의 단편들을 포함시켰다. 따라서, 볼품없이 큰 키에 앙상한 손가락과 뻣뻣한 회색 머리털, 늘 손에 들려 있는 싸구려 여송연과 실크해트를 쓴 한마디로 말해 링컨풍의 증거 사냥꾼—에프래임 투트 씨는 텅 비어 있는 하버드—허구적 탐정에게 좀처럼 교수라는 직함을 부여하지 않는—복도에서조차 그림 같은 풍모를 확고히 했다.

그리고 마침내 1920년, 우리로 하여금 탄성을 지르게 한 레지 포춘이 등장했다. 그는 영원히 지속될 것 같은 학생 같은 외모

1 『투트와 투트 씨』의 진짜 초판본 확인법: 단순히 목차 페이지만 확인하면 된다. 초판 1쇄에는 자그마치 네 군데에 실수가 있다. 초판 2쇄는 1쇄의 기존 페이지를 절취하고 그 자리에 새로운 목차 페이지를 붙였다. 각 단편의 제목들은 '여러 가짜들에서'가 「가짜 암탉과 가짜 거북」으로, '새뮤얼과 변호사'가 「새뮤얼과 델릴라」로, 'While Versus Guile'이 「간계와 속임수(Wile Versus Guile)」로, 'Heppowhite Tramp'가 「헤플화이트가의 떠돌이(The Hepplewhite Tramp)」로 수정되었다. 수정판은 신속하게 배본되었다. 그럼에도 불구하고 두 판본 모두 속표제지에 명백히 1920년 3월 출간이라고 쓰여 있다. 개정판은 실제로 1920년 4월 9일 이전에는 출간되지 않았다. 퀸 컬렉션에는 수정된 목차 페이지가 있는 판본이 포함되어 있고, 그 페이지에는 트레인 씨의 자필로 '아서 트레인이 혼[Honourable 고위 공직자를 이르는 말–옮긴이]에게'라고 쓰여 있다. 혼은 허버트 후버[미국 제31대 대통령–옮긴이]이며, 1920년 4월 16일이라는 날짜 또한 적혀 있다. 개정판이 나온 지 불과 일주일 만에 이 수정판이 시장에 나온 것이다!

역사적 중요성으로 볼 때 『투트와 투트 씨』의 전신을 언급하지 않을 수 없다. 31년 전—셜록 홈즈의 단행본이 출간된 지 겨우 이 년 뒤—앨비언 W. 트루제[미국의 군인이자 정치가이자 작가–옮긴이]의 『판단하고 삼키는 변호사들』(필라델피아: J. B. 리핀코트, 1889)에서 법적 수수께끼를 해결하는 변호사 콤비가 있었다. 그 예측은 놀랍다.

에 인간만 한 몸집의 케루빔천사를 뜻하며 그의 별명이다이며, 가장 하드보일드한 살인자만큼이나 거칠어질 수도 있는 오동통한 체구의 그는 자애로운 사람이기도 하다. 핍박을 받는 사람들에게는, 특히 아이들에게는 심장이 두 개인 사람이며, 멋쟁이 미식가이기도 하다. 상냥함과 동정심을 포함한 교묘한 탐정 기법 그리고 '사실에 대한 단순한 믿음'과 '상상이 아닌 증거에 대한 신봉'에 기초한 방법을 추구하는 그는 꼭두각시 애호가이기도 하다.

68. 포춘을 불러라Call Mr. Fortune *HQR*

H. C. 베일리, 런던: 메슈언(1920)

포춘 시리즈의 중요한 책은 『포춘을 불러라』이지만 포춘 단편집 중 최고의 단편집은 베일리 최고의 단편인 「풍족한 만찬」과 「노란 민달팽이」가 실려 있는 『포춘의 관심 대상』(런던: 빅터 골란츠, 1935)이다. 제2황금기는 만조에 달했고, 자그마치 스물두 편의 중요한 단편집이라는 초석의 목록을 확정 지었다. 위대한 새 이름들이 탐정 명단에 올랐다—브라운 신부, 크레이그 케네디, 맥스 캐러도스, 아노, 엉클 애브너, 투트 씨, 레지 포춘. 그리고 위대한 새 이름들은 여전히 나타나고 있었다.

VII 제1근대

포스트의 랜돌프 메이슨이 법망을 피하는 데 법적 지식을 사용하여 정의를 도외시한 부도덕한 변호사였다가 같은 지식을 정의에 기여하는 데 사용하는 탐정 변호사로 탈바꿈한 것처럼, 르블랑의 아르센 뤼팽 역시 범죄자에서의 변태를 마쳤다. 1907년에 처음 등장한 뤼팽은 유쾌하고 멋진 도둑 신사였고, 어마어마하게 많은 그의 팬들은 그가 경찰을 조롱하고 경찰의 계획을 무산시킨 그 태연한 방식을 사랑했다. 그러나 인기를 구가하고 있던 어느 순간에 뤼팽은 자신의 전략을 바꿨다. 그는 자신의 예전 적수들을 돕기 시작했고, 종국에는 대놓고 법과 질서의 편에 선, 제대로 된 자격을 갖춘 탐정이 되었다. 이러한 변화는 무엇에 기인한 것일까? 아마도 1910년에 출간된 르블랑의 걸작 『813』이라는 제목의 장편소설에 대한 대중들의 반응 때문이리

라. 그때까지 뤼팽은 엄청난 스케일이긴 했지만 훔치는 것에만 만족해했다. 그러나 『813』의 대단원에서 그는 실제로 살인을 저질렀다. 프랑스 독자들은 뤼팽의 눈부신 도둑질의 쿠데타를 즐거운 마음으로 수용했고, 그를 대중의 영웅 1호로 승격시켰지만 살인은 다른 성격을 띠는 것이었다. 도덕성이 내재하는 사기는 공감을 얻을 수도 있지만 살인은 반감을 불러일으킨다. 뤼팽은 자신의 화려한 명성을 되찾아 오기 위해 개심했다.

69. 여덟 번의 시계 종소리Les Huits Coups De L'horloge ***HQR***

모리스 르블랑, 파리: P. 라피트(1922), 런던: 캐셀(1922), 뉴욕: 매콜리(1922)

그는 "모든 비평가들이 탐정으로서 뤼팽이 이룩한 최고의 사례를 담은 작품으로 인정한" 『여덟 번의 시계 종소리』에서 위대한 탐정 업적을 성취했다. 같은 해 올더스 헉슬리는 도로시 L. 세이어스가 추리소설에서의 '현실 생활의 해석'이라고 명명한 것을 썼다. 그의 유명한 단편 「지오콘다의 미소」—『속세의 번뇌』(런던: 채투 앤드 윈더스, 1922)에 수록되어 있다—는 작가 자신이 그린우드 독살 사건1920년 영국의 변호사였던 해롤드 그린우드는 아내를 비소로 독살했다는 혐의로 기소되었지만 무죄방면되었다을 소재로 삼았다고 했지만 종종 마담X 사건으로 알려진 암스트롱 박사의 유명한 사건마찬가지로 변호사였던 허버트 암스트롱 박사는 초콜릿에 제초제를 넣어 아내를 서서히 독살했다을 토대로 한 작품일 것이다. 최근 올더스 헉슬리는 그 단편을 시나리오로 각색했고—영화 제목은 〈여인의 복수A Woman's Vengeance〉였다—보다 최근에는 셜록 홈즈 역을 맡아 유명해진 바질 래스본 주연으로 브로드웨이 무대에 올려지기까지 했다.

70. 탐정 짐 핸비Jim Hanvey, Detective[HQ-]

옥타버스 로이 코언, 뉴욕: 도드, 미드(1923)

1923년, 미국에서 가장 인기 있는 잡지의 작가 한 명이 거대한 턱과 짧고 굵은 다리라는 엄청난 외모의 탐정을 창조했다. 그가 신발을 신은 채로 쉴 경우 그의 주된 오락은 영화 감상으로, 영화를 볼 때만큼은 최고로 감상적인 사람이었다. 그는 영화 속 배우의 과장된 감성적 연기에 힘들어하며 눈물을 흘렸다. 늘 형편없는 검은 시가를 피우며, 황금 이쑤시개를 휴대하고 다니는 냉혹한 눈매의 이 직업 탐정은 갱생하여 궁핍하게 살고 있는 모든 범죄자들에게 친구이자 '방방곡곡의 불량배들에게 공포의 대상'이다.

71. 푸아로 사건집Poirot Invertigates[HQR]

애거서 크리스티, 런던: 존 레인(1924)

모든 탐정 가운데 가장 유명한 탐정 한 명이 1924년에 단편으로 데뷔했다. 달걀형 머리에 말려 올라간 콧수염을 기른, 지나치게 감상적이며 자만한 벨기에 노탐정의 '작은 회색 뇌세포'가 『푸아로 사건집』에서 직관적인 번뜩임과 연역적 추리를 동시에 수행한다. 에르퀼 푸아로라는 캐릭터가 애거서 크리스티의 걸작이긴 하나 그녀의 다른 단편에 등장하는 탐정들 또한 결코 떨어지지 않는다. 유쾌한 부부 탐정 토미와 터펜스 베리스퍼드, 신비한 퀸 씨와 그의 조용한 동료 새터드웨이트 씨, 독신 탐정 미스 마플 그리고 전형적인 영국 탐정 파커 파인이 그들이다. 초석의 자격을 심사하는 과정에서 푸아로가 등장하는 첫 번째 단편집은 단편 형식에 있어서 크리스티 씨의 가장 훌륭한 작품을 대표하지는 않았다. 그녀의 최고 단편들은 「나이팅게일 커티지 별장Philomel Cottage」과 「우연한 사고Accident」로 두 단편 모두 『리스터데일 미스터리The Listerdale Mystery and Other Stories』(런던: 콜린스, 1934)에 실려 있으나, 십사 년 후 미국에서 『검찰 측의 증인The Witness for the Prosecution and Other Stories』(뉴욕: 도드, 미드, 1948)이 출간되기 전까지 두 단편은 미국에서 출간된 크리스티 씨의 어느 단편집에도 실리지 않았다. 이 고전 단편들에는 푸아로가 등장하지도 않는다. 크리스티 씨의 꾸준한 양질의 작품 생산력을 증명하는 푸아로 시리즈 중에서 가장 창의적인 작품은 헤라클레스라는 전설적인 인물의 이름을 딴 단편집이다. 각각의 단편은 헤라클레스의 열두 과업에서 영감을 받았지만 모든 단편을 완벽하게 현대화하였고, 미스터리한 이야기로 바꾸어 놓았다. 뛰어난 착상의 『헤라클레스의 모험The Labors of Hercules』(뉴욕: 도드, 미드, 1947)은 흥미진진한 신화의 재탄생이다.

1925년에 일본 추리소설 작가의 아버지 에도가와 란포(히라이 다로의 필명)는 아케치 고고로 탐정이 등장하는 첫 단편집 『심리 시험』(도쿄: 슌요도, 1925)을 출간했다. 비록 란포는 일본의 동시대 미스터리 작가 중 가장 적게 썼다고 하는 다작 작가 중 한 명이지만 이미 장편소설, 중편들 그리고 단편들과 여섯 권의 미스터리 비평서를 포함하여 서른 권 이상의 책을 내놓았다. 그의 단편집 중 또 다른 대표작으로는 『석류』(도쿄: 류쿠 쇼인, 1935)와 『미스터리와 상상』(도쿄: 한가수, 1937)이 있다. 만약 당신이 에도가와 란포의 이름을 소리 내어 반복한다면 그 이름이 점점 익숙하게 느껴질 것이다. 그럴 수밖에 없다. 그 이름은 에드거 앨런 포의 일본식 발음이기 때문이다.

1925년 영국에서는 에드거 월리스 최고의 탐정이 변명조의 말을 늘어놓기 시작했다. “이것이 나의 호기심 많은 도착倒錯 증세입니다. 나는 범죄자의 마음을 가졌습니다.” J. G. 리더 씨는 공손하고 정중한 말투의 부끄러움을 많이 타는 남자로, 유행이 지난 구레나룻을 기르고 애스콧타이에, 브라운 신부의 상징이 된 보잘것없는 우산을 휴대하고 다닌다.

72. J. G. 리더 씨의 마음The Mind of Mr. J. G. Reeder *HQR*

에드거 월리스, 런던: 호더 앤드 스토턴(1925)

미국에서는 『J. G. 리더의 살인 책』(뉴욕 가든 시티: 더블데이, 도런, 1929)으로 출간된 『J. G. 리더 씨의 마음』에서 리더 씨는 조용한 설득으로 그의 수완을 발휘한다.

73. 카탄차로의 루이지Luigi of Catanzaro *HQR*

루이스 골딩, 런던: E. 아처(1926)

만약 당신이 이교異教 혹은 이민족에 대한 편협함이 가장 가증스럽고, 가장 야비한 범죄라는 것에 동의한다면 우리는 이 뛰어난 이야기 『카탄차로의 루이지』를 간과할 수 없다. 단행본으로의 초판은 모든 책에 저자의 사인이 들어 있는 백 부 한정판으로 단편 한 편만 실린 자비 출판이었다. 2쇄는 이보다 더 희귀본이다. 루이지 이야기는 『두밍턴 방랑자』(런던: 빅터 골란츠, 1934)에 포함될 예정이었지만 출간 전에 취소되었다. 어쨌든 적어도 「카탄차로의 루이지」가 실린 '교정본' 한 부가 존재한다.

73a. 담청색 나이트가운Pale Blue Nightgown *HQR*

루이스 골딩, 런던: 코비너스 프레스(1936)

골딩 씨의 마찬가지로 뛰어난 이야기인, 살인을 부른 이민족의 증오에 대해 다루고 있는 작품이 역시 저자의 사인이 담긴 초판 한정판으로 출간되었다. 이번에는 육십 부였다. 비록 『카탄차로의 루이지』가 출간되고 나서 십 년 후에 출간되었지만 이 책은 자매편으로서 목록에 이름을 올렸다. 두 단편이 후에 보급판인 『담청색 나이트가운』(런던: 허친슨, 1944)에 실렸기 때문이다.

다음으로 '할리가의 거인'이 탐정의 대열에 끼어들었다.

74. 죄인들은 은밀히 행동한다Sinners Go Secretly *HQR*

앤서니 윈, 런던: 허친슨(1927)

외알 안경을 쓰고 코담배를 피우며 루벤스보다는 홀바인을, 베토벤보다는 바흐를 좋아하는 정신과 전문의 유스터스 해일리 박사가 등장하는 단편집은 『죄인들은 은밀히 행동한다』 한 권뿐이다. 이 책에 실린 가장 뛰어난 단편 「사이프러스 벌」은 해일리 박사에게 명탐정들 사이에 영원한 자리를 차지할 자격을 얻게

해 주었다. 그것은 바로 박식한 아마추어 탐정이 아나필락시스 쇼크심한 쇼크 증상처럼 과민하게 나타나는 항원 항체 반응으로, 알레르기가 국소성 반응인 데 비하여 아낙필락시스 쇼크는 전신성 반응을 일으킨다의 범죄 가능성을 간파했기 때문이다.

십 년 전 미국으로 돌아가면, 수전 글래스펠은 아이오와 신문에서 읽었던 살인 기사에 영감을 얻은 단막극 「사소한 것들Trifles」을 썼었다. 그 희곡을 써 유명해진 글래스펠 씨는 그 소재를 단편소설로 재구성하여 「우정의 판결A Jury of Her Peers」이라는 제목을 붙였다. 희곡과 마찬가지로 유명한 문학 작품이 된 그 단편은 《에브리 위크》 1917년 5월 5일 자 발간호에 처음 실렸고, 후에 에드워드 J. 오브라이언의 『1917년 최고의 단편』에 다시 실렸다. 그러나 그 작품은 미국에서 출간된 수전 글래스펠의 어떤 책에도 포함되지 않았다. 일반적으로 알려지지 않은 사실—그리고 이것은 서지학적으로 중요한 발표이다—이 있는데, 이 단편은 영국에서 그 한 편만으로 책으로 출간되었다.

75. 우정의 판결A Jury of Her Peers ***HQR***

수전 글래스펠, 런던: 어니스트 벤(1927)

『우정의 판결』의 초판은 벤의 옐로북 총서 중 한 권이며 '저자의 사인이 든 이백오십 부 한정판으로 출간되었다.' 이 멋진 살인 이야기는 '표현은 놀랄 만큼 간소하지만 본질은 벌거벗은 상태 그대로'이며 순수한 뉴잉글랜드 고딕을 대표하면서 순수한 예술성을 보여 준다.

영국과 미국에서 동양으로……. 인도에서의 근대 탐정소설의 발전은 거의 알려져 있지 않다. 인도에서 인도인이 쓴 탐정 단편소설의 첫 출판은 S. K. 체터의 『머플드 드럼과 그 밖의 이야기들』(마드라스: S. 가네산, 커런트 소트 프레스, 1927)[1]이다. 보다 일찍 출간된 C. A. 수르마의 『탐정소설의 걸작들』(랑군: 아메리칸 뱁티스트 미션 프레스, 1919)은 한 작가의 단편집도 아니고 앤솔러지도 아니다. 그것은 추리소설 장르에 관한 비평적 에세이집으로 주로 포, 가보리오, 르블랑, 도일, 프리먼, 리브 같은 '고전 작가들'과 토머스 W. 핸슈, 닉 카터, A. E. W. 메이슨, 허버트 드 하멜, 메리 로버츠 라인하트, 애나 캐서린 그린, 윌리엄 르 큐, E. 필립스 오펜하임, 가이 부스비, 색스 로머, 존 버컨, 아크멧 압둘라 등과 그 밖의 '잡다한' 섹션이 추가되어 있다.

우리는 여기서 추리 범죄 장르에 대한 윌버 대니얼 스틸의 공헌을 간과해서는 안 된다. 스틸 씨는 미국의 위대한 단편 작가 중 한 사람이다. 그는 자그마치 다섯 차례나 O. 헨리 기념상을

1 십 년 후 S. K. 체터는 또 한 권의 탐정소설 단편집 『데르마세비의 코브라와 그 밖의 이야기들』(마드라스: 히긴보텀스, 1937)을 발표했다.

수상했다. 1등상 세 번, 2등상 한 번 그리고 1921년에 '단편의 높은 수준을 유지한 데 대한' 특별상까지. 스틸 씨의 작품은 '인상주의적 모험담과 통렬한 현실주의의 조화'를 보여 준다. '모든 집들이 유리로 만들어진', 뉴잉글랜드에서 조금 떨어진 작은 섬 '어키 아일랜드'윌버 대니얼 스틸의 단편집 제목이기도 하다에서의 폭력과 범죄에 관한 그의 이야기처럼 그는 '명확한 서술을 제한함으로써 많은 암시를 던지며…… 아름다움과 잔인함을 교묘히 섞은' 영리한 장인이다. 하지만 이 장르에서 스틸 씨의 가장 중요한 단편들은 『천국을 본 사나이와 그 밖의 이야기들』(뉴욕: 하퍼, 1927)에 실린 「우울한 살인」과 『모래 탑과 그 밖의 이야기들』(뉴욕: 하퍼, 1929)에 실린 「발소리들」이다.

1928년은 세 권의 일급 단편집이 출간된 기념할 만한 해다.

76. 피터 경 시체를 조사하다Lord Peter Views the Body ***HQS***

도로시 L. 세이어스, 런던: 빅터 골란츠(1928)

높은 학식에 뭐라고 표현해야 좋을지 모를, 간단히 말해 절도의 문학에서 가장 유명한 귀족인 피터 윔지 경이 주목할 만한 단편집 『피터 경 시체를 조사하다』에 생기를 불어넣었다. 세이어스 씨는 동시대 누구보다도 범죄소설에 문학적 향취를 더하는 데 많은 기여를 했다. 거의 계획적인 범죄 의사라고 해도 좋을 만큼 극도의 신중함으로 탐정소설과 통속소설을 적합하게 결합한 시도는 그녀의 영원한 공적이다. 몇몇 비평가들이 그녀가 '이제는 거의 일류 탐정소설 작가가 되길 그만두고 대단히 고상한 척하는 통속소설 작가가 되었다'는 의견을 공유한 것에 반해 그녀의 더 큰 목표를 두고 하워드 헤이크래프트가 한 절묘한 찬사를 잊지 말아야 한다. "그녀의 바로 그 실수가 그녀를 명예롭게 한다."[2]

77. 윌슨 경정의 휴일Superintendent Wilson's Holiday[3] ***HQR***

G. D. H. 콜 & M. I. 콜, 런던: W. 콜린스(1928)

단순하고 특별하지 않지만 맥주에 인간적인 열정을 드러내는 견실한 전형적 스코틀랜드 야드 경찰이『윌슨 경정의 휴일』에서

2 도로시 세이어스 후기의 작품들은 추리적인 면보다 연애 묘사가 주를 이룬다는 평을 듣는다.

3 후기 작품들의 윌슨 경정이 초기 작품들에서보다 15센티미터 더 크다는 것을 눈치 챈 독자들이 있을까? 이것은 독자에게 불공평한 처사다. 긴 작품 목록을 갖고 있는 모든 탐정소설 작가들은 하나같이 믿을 수 없는 모순이라는 죄를 저질러 왔다. 어느 유명한 비평가는 본문에서 확실한 출처를 인용하여 엘러리 퀸(작가가 아닌 탐정)이 중혼죄를 저질렀다는 것을 증명할 수 있다고 주장해 왔다—그리고 우리는 그가 그럴 수 있다고 조금도 믿어 의심치 않는다!

입체적인 모습을 드러냈다. 콜 부부가 창조한 인물은 세이어스의 딜레탕트 탐정과는 확연히 다른 근면한 경찰이다.

78. 어센덴Ashenden *HQS*

W. 서머싯 몸, 런던: 윌리엄 하이네만(1928)

1928년은 『어센덴』의 탄생으로 문학적 해트트릭을 기록한 해였다. 지난 백 년간 출간된 모든 탐정 단편소설을 대변하는 천오백 권의 단편집 가운데는 놀랍게도 비밀 첩보원의 활약을 묘사한 작품이 얼마 되지 않는다. E. 필립스 오펜하임, 윌리엄 르큐 그리고 색스 로머에 의해 창조된 반쪽짜리 탐정은 흥미 위주의 국제적 음모를 다루지만 그들의 작품 소수는 전적으로 외교적 속임수를 다룬다. 때때로 소설 속 위대한 탐정들 중 한 명이 방첩 활동을 시도—셜록 홈즈, 예를 들어 「브루스 파팅턴 설계도The Adventure of the Bruce-Partington Plans」와 「그의 마지막 인사His Last Bow」에서—하기도 하지만 이러한 것들은 진지한 직업으로서의 일과는 다른, 어쩌다 한 번 하는 시도일 뿐이다.

몸의 『어센덴』은 종래의 염탐꾼 개념을 비밀 정보 요원으로 격상시켰다. 그가 주안점을 둔 것은 폭력이 난무하는 선정성이 아니다. 몸은 사실주의를 경시하기에는 너무 영리하였고, 속고 속이는 인물의 묘사에 능했다. 몸은 탐정소설처럼 스파이 소설이 무르익었다는 것을 증명했다.

같은 해인 1928년에 최고의 체코 단편 범죄소설들이 단행본으로 출간되기 시작했다. 카렐 차페크의 『오른쪽 주머니에서 나온 이야기Stories from One Pocket』(프라하: 아벤티넘, 1928)와 『왼쪽 주머니에서 나온 이야기Stories from Other Pocket』(프라하: 아벤티넘, 1929)가 그것이다. 영국에서 처음 출간된 판은 선집 형식—첫 번째 단편집에서 열네 편, 두 번째 단편집에서 열두 편—이었고, 적당히 『두 주머니에서 나온 이야기들』(런던: 페이버 앤드 페이버, 1932)이라는 제목을 다시 붙였다.

다음 해인 1929년에는 탐정소설의 품격을 높인 책 세 권이 추가되었다.

79. 클로버의 악당들Rogues in Clover ***HQS***

퍼시벌 와일드, 뉴욕: D. 애플턴(1929)

도박 미스터리를 해결하는 전문가 빌 파믈리가 『클로버의 악당들』에서 카드 사기를 폭로한다.

80. 카리브 제도의 단서들Clues of the Caribbees ***HQS***

T. S. 스트리블링, 뉴욕 가든 시티: 더블데이, 도런(1929)

심리학자 헨리 포지올리가 등장하는 유일한 범죄 수사 단편집으로 응당 그래야만 하는 우레와 같은 호응을 이끌어 내는 데 실패했다. 최근 몇 해 사이 『카리브 제도의 단서들』이 중고 서적상들에게서도 선뜻 구하기 어려운 책이 되자, 전문 서적상들이 아닌 독자들은 이 책을 구하는 데 혈안이 되었다. 그러나 1945년에 스트리블링 씨는 특별히 《엘러리 퀸 미스터리 매거진》에 새로운 포지올리 시리즈를 쓰기 시작했다. 흔치 않은 주제에 특이한 관습을 다룬 이 이야기들은 작가의 초기 작품들보다 더 훌륭하기까지 하다. 이야기들의 도발적인 퀄리티는 매혹적이면서 읽을 가치가 있다. 추론과 연역에 대한 지적 훈련이 될 뿐 아니라 철학적으로 성숙한 범죄의 개념을 심어 준다. 이 새로운 포지올리 교수의 모험들이 단행본으로 출간되리라 예상한다.

1920년대를 마무리한 책은 여러모로 보아 가장 중요한 책이었다. 그 책은 제1근대를 상징하고 대표한다.

81. 더프 탐정 사건을 해결하다Detective Duff Unravels It *HQS*

하비 J. 오히긴스, 뉴욕: 호러스 리버라이트(1929)

저자 사후 출간된 『더프 탐정 사건을 해결하다』는 처음으로 정신분석학적 추리에 대한 진지한 접근을 시도한 단편집이다. 1929년에 출판사는 이 작품을 두고 모든 범죄는 두 장소—경찰이 조사할 수 있는 물리적 범죄 현장과 범죄자의 마음속—에서 저질러진다고 소개했다. 존 더프 탐정은 범인의 마음 깊은 곳의 궤적을 쫓았다. 그는 희생자의 꿈을 분석함으로써 살인 수수께끼를 해결하기도 하며, 황금 액자를 도둑맞은 사람의 아내의 무의식적 공포를 조사함으로써 도둑의 정체를 밝혀내기도 하며, 처음 사교계에 발을 내디딘 아름다운 여성의 억압된 욕구를 밝힘으로써 유괴 사건을 해결하기도 하며, 추리에 정신의학을 접목하여 연인을 사로잡는 방법을 알려 주기도 한다.

오히긴스 씨의 접근은 언제나 색달랐다. 그는 일찍이 번스 William J. Burns(1861~1932). '미국의 셜록 홈즈'로 알려진 유명한 실제 탐정 탐정 사무소에 관한 일련의 기사를 써 왔기 때문에, 전형적인 미국 소년의 눈을 통해 단순하고 사실적인 탐정 업무를 묘사하는 가능성을 보았다. 『탐정 바니의 모험』(뉴욕: 센추리, 1915)에 등장하는 그의 또 다른 시리즈 캐릭터인 바니 쿡이 가장 믿을 만하다. 탐정 단편소설을 통틀어 가장 뛰어난 소년 탐정이다.[4]

십 년간의 제1근대기는 이야기꾼 프레더릭 어빙 앤더슨의 세

4 가장 믿을 만한 영국 소년 탐정 또한 같은 해에 등장했다는 사실은 기이한 우연이다. 프레더릭 해밀턴 경의 P. J. 대버넌트가 그 주인공으로, 그의 "경탄스러운 탐정 재능을 빼면 평범하기 이를 데 없이 쾌활하고 건강하며 넉살 좋은, 머리가 비상한 열다섯 살 영국 소년이다." P. J.의 활약이 담긴 책이 여섯 권 있으며, 그중 첫 번째 작품은 『P. J. 대버넌트의 휴일 모험』(런던: 에블리 내시, 1915)이었다.

번째 단편집으로 막을 내렸다. 그의 처음 두 단편집은 매우 간발의 차로 초석의 반열에 들지 못했다. 『절대 실패하지 않는 고달의 모험』(뉴욕: 토머스 Y. 크로얼, 1914)은 영국의 래플스에 필적하는 미국의 라이벌 도둑에 대한 이야기며, 『악명 높은 소피 랭』(런던: 윌리엄 하이네만, 1925)은 여성판 고달 이야기다.

82. 살인의 책Book of Murder ***HQS***

프레더릭 어빙 앤더슨, 뉴욕: E. P. 더턴(1930)

세 번째 단편집 『살인의 책』은 주로 두 캐릭터 보안관보 파Parr와 '더 이상 글을 쓰지 않는' 작가 올리버 아미스턴을 중심으로 진행된다. '더 이상 글을 쓰지 않는'이라는 별명의 선택은 앤더슨의 가장 적절한 생각을 드러내며, 마음속으로 품고 있던 가장 매력적인 전략 중 하나를 소환한다. 아미스턴은 너무나 창의적인 범죄 소설가라 사기꾼들이 그의 아이디어를 사용하는 것을 막기 위해, 경찰 측은 아미스턴이 더 이상 글을 쓰지 않는 데 대한 보수를 지급했다올리버 아미스턴은 첫 번째 단편집 『절대 실패하지 않는 고달의 모험』에서 나레이터 역을 담당했다. 프레더릭 어빙 앤더슨의 스타일은 디테일이 풍부하며, 표현력은 더욱 풍부하다. 그의 계획적인 속임수는 미스터리의 필수적인 요소이며, 작가와 독자 간의 머리싸움에 엄청난 묘미를 더한다. 프레드 앤더슨은 자신의 좋은 친구 찰스 혼스에게 "한 가지 이야기 속에 숨겨진 완전히 다른 이야기를 말하는 것이 언제나 나의 포부였다"고 말한 적이 있다. 그에 혼스 씨는 분명한 사실을 대답했다. "아니, 자네는 자네가 쓰는 모든 글에 그렇게 하고 있잖나!"

제1근대기(1921~1930)에는 짐 핸비, 에르퀼 푸아로, J. G. 리더, 유스터스 해일리 박사, 피터 윔지 경, 윌슨 경정, 헨리 포지올리 교수, 존 더프, 파 보안관보 같은 충실한 일꾼들이 포함되었고, 추리소설의 발전 단계에 열네 권의 단편집이 초석의 자리를 차지했다. 범죄학상의 도표는 이전 십 년의 중요한 단편집이 스물두 권이었던 데 비해 급감했지만 그 감소는 양보다 질이라는 원칙에 준했기 때문이다.

Ⅷ 제2근대

보다 현대에 가까워진 단편 추리소설은 그 형식에 있어서 기법과 주제의 다양성이 더욱 명확해진다. 미묘한 순서로 그것들을 드러냈는데, 첫 번째로는 이야기 속에, 그리고 두 번째로는 많은 근대 작가들이 자신의 실험적인 책에 대해 밝혔듯이 고의적인 노골적 표현으로 드러낸다.

83. 솔랑주 이야기The Solange Stories ***HQS***

F. 테니슨 제시, 런던: 윌리엄 하이네만(1931)

예를 들어 『솔랑주 이야기』에서 작가는 '어떤 재미는 그것의 한계들에 있다……. 법칙의 틀은 우리가 할 수 없는 것을 말해준다'라고 독자를 환기한다. 그런 다음 제시 씨는 공식의 낡은 개념을 확장하여 '그녀에게 악의 존재를 경고해 주는 초영적 감각超靈的 感覺을 타고난' 솔랑주 퐁텐이라는 여자 탐정을 창조했다. 같은 해 대서양 이쪽 미국에서는 데이먼 러니언이라는 탁월한 저널리스트가 범죄 이야기를 구사하는 새로운 방식을 선도했다. 헤이우드 브라운1888~1939. 미국의 저널리스트, 칼럼니스트, 비평가은 "데이먼 러니언은 깊은 통찰력으로 거리의 갱과 협잡꾼 들의 생생한 억양과 말투를 포착했다"고 평했다.

84. 아가씨와 건달들Guys and Dolls *HQS*

데이먼 러니언, 뉴욕: 프레더릭 A. 스토크스(1931)

데이먼 러니언의 『아가씨와 건달들』과 그의 다른 책들에서 독자들은 싸구려 사기꾼, 뚜쟁이, 매춘부의 정수를 만난다. 달리 말해 러니언의 '아가씨와 건달'들은 브로드웨이의 강도, 대도시의 폭력배, 뉴욕의 깡패, 타임스 스퀘어의 흉악범들이다. 어쨌든 위대한 근대 대도시 해석가인 러니언은 뉴욕의 러니언만이 묘사할 수 있는 독특한 유머로 폭력과 욕정의 이야기들에 생기를 불어넣었다.

1932년에 조르주 심농은 세 권의 단편집을 썼다. 고故 알렉산더 울콧1887~1943. 미국의 비평가이자 논평가은 자신의 추천 추리소설 목록에 세 권 모두를 포함하며 매우 높이 평가했다.

85. 열세 명의 피고Les 13 Coupables *HQR*

조르주 심농, 파리: 아르템 파야르(1932)

그중 최고는 예심판사 프로제의 정밀하고 함축적인 수사 내용이 담겨 있는『열세 명의 피고』다. 나머지 두 권은 G. 7 시리즈인『열세 가지 수수께끼Les 13 Énigmes』와 안락의자형 탐정 조제프 르 보르뉴가 등장하는『13의 비밀Les 13 Mystères』로 1932년 아르템 파야르 출판사에서 출간되었다. 우리는 한번 조르주 심농을 만나는 기쁨을 누린 적이 있었다. 우리의 프랑스어는 어설펐고, 무슈 심농은 아직 영어에 익숙하지 않았기 때문에 통역을 사이에 두고 대화를 이어 나갔다. 우리의 머리가 포레스트 힐에서 테니스 시합을 관람하는 것처럼 무슈 심농과 통역 사이에서 좌우로 왔다 갔다 했다. 우리는 곧 그로기 상태가 됐지만 우리가 가져온 그의 세 단편집 초판본에 사인을 부탁하는 것을 잊을 만큼은 아니었다. 그 결과, 모르긴 몰라도, 우리는 미국 전체에서 심농의 자필 서명이 있는 단편집들을 유일하게 소유하고 있다.[1]

1 최근 매그레 반장이 등장하는 단편들이 열일곱 편 존재한다는 사실을 알아냈다는 언급을 해야 할 것이다. 1944년에 파리 갈리마르 출판사에서『매그레의 새로운 사건』이 출간되었다. 이 단편 중 세 편이《엘러리 퀸 미스터리 매거진》에 번역되어

1933년에 현대판 래플스이자 뤼팽이 등장하는 첫 단편집이 출간되었다. 성자라고도 불리는 사이먼 템플러는 저자의 경험을 고스란히 물려받은 '거칠고 환상적인' 대담함을 갖추었다.

86. 쾌활한 약탈자The Brighter Buccaneer **HQR**

레슬리 차터리스, 런던: 호더 앤드 스토턴(1933)

『쾌활한 약탈자』에 등장하는 로맨틱한 악당의 핏속에는 해적의 피와 온정이 흐르고 있다. 대도시 모험담 대부분에서 성자는 진정한 의미의 기사도 정신이 넘치는 도적이다. 공익을 위해서라면 범죄를 저지를 수 있는 현대판 로빈 후드인 것이다.

같은 해 딱딱하고 둔감한 풀 경감이 탐정소설 속에서 속도감 넘치고 (때로는 격렬하기까지 한) 미국식 하드보일드의 사실주의와는 명확히 구분되는 차분한 근대 영국식 사실주의를 강조했다.

있다.

이후 1950년 파리의 드 라 시테 출판사에서 매그레 반장이 등장하는 단편 두 편과 제4회 《엘러리 퀸 미스터리 매거진》 콘테스트에서 1등상을 받은 「온순한 사람들은 복이 있나니」를 포함한 아홉 편의 단편이 실린 『매그레와 꼬리 없는 아기 돼지』가 출간되었다.

87. 경찰 구역Policeman's Lot *HQS*

헨리 웨이드, 런던: 컨스터블(1933)

같은 맥락에서 『경찰 구역』에 등장하는 풀 경감의 이야기는 기본적으로 동작가의 『경찰이 온다』(런던: 컨스터블, 1938)에 등장하는 존 브래그의 이야기와 비슷하다. 이 책은 직업으로서의 경찰의 진급 과정을 서술하는, 매우 드문 이야기 중 하나이다. 첫 이야기에서 브래그는 영국 촌구석의 미숙한 경찰관이지만 삼 년 뒤인 마지막 이야기에서는, 변변찮은 하급 경찰에서 영국 경찰청 범죄 수사과의 고위직으로 출세한다.

이 시기에 범죄 장르에서 눈부신 결실을 거둔 후 월폴의 작품 —『모든 영혼의 밤』(런던: 맥밀런, 1933)에 실린 「은 가면The Silver Mask」—이 출간되었다. 제1근대기에 나온 올더스 헉슬리의 「지오콘다의 미소」처럼, 말 그대로 '은 가면'으로 위장을 한 작품이다「은 가면」은 친절과 순진함에 감춰진 잔인성을 리얼하게 묘사한 작품이다. 단편으로 쓰인 이 작품은 (〈친절한 부인〉이라는 제목으로) 연극으로, 영화로, 라디오와 텔레비전으로 각색되어 각각의 장르에서 상당한 예술적 성공을 거두었다.

지금까지 쓰인 미스터리와 공포가 결합된 단편 중 가장 잊을 수 없는 작품이자, 린리 탐정이 등장하는 로드 던세이니의 「두 병의 소스The Two Bottles of Relish」가 『어둠의 힘』(런던: 필립 앨런, 1934)이라는 앤솔러지에 실려 처음 출간되었다. 이 완전무결한 역작이 쓰인 데는 흥미로운 내력이 있다. 로드 던세이니는 사람들이 자신의 보다 우아한 이야기들보다 섬뜩한 살인 이야기를 더 좋아한다는 사실을 재미있어했고, 자신이 '그들을 충분히 섬뜩하게 할 만한' 이야기를 쓸 수 있을지 궁금했다. 그래서 로드 던세이니는 탐정이 대단한 역할을 하지는 않지만 던세이니식의 심각하게 섬뜩한 이야기인 「두 병의 소스」를 썼다.

그 이야기는 '충분히 섬뜩하다'는 것이 증명되었다. 더욱이 로드 던세이니가 추구하려고 했던 바를 훨씬 넘어섰다. 편집자들은 그 이야기에 매혹되었지만 그 이야기가 불안했다고 솔직하게 고백했다. 실제로 영국이나 미국의 남자 편집자는 그 이야기를 출간하지 않으려고 했다. 마침내, 과감하게도 어떤 여성—레이디 론다Viscountess Rhondda(1857~1941). 웨일스의 여성 참정권 운동가로 페미니스트이자 자선가가 1932년 11월 12에서 19일 자 《타임 앤드 타이드》에 그 이야기를 실었다. 로드 던세이니는 공격적 페미니스트인 레이디 론다가 '이것이 바로 남자들이 여자들을 대하는 방식이다'라고 독백하며 날카로운 사실주의의 본보기로 그 이야기를 출간한 것이 아닐까 늘 생각했다. 점차 그 널리 퍼진 욕지기(로드 던세이니의 표현을 따르자면)는 사라진 것처럼 보였다. 휘트 버넷과 마사 폴리가 편집장으로 있던 《스토리》는 미국에서 처음으로 1936년 2월호에 그 이야기를 실었다. 단행본의 형태로는 미국 최초로 1941년 11월에 우리들의 앤솔러지인 『101년간의 오락』에 그 이야기를 실었다.

로드 던세이니는 우리에게 린리 탐정이 등장하는 일곱 편의 이야기를 더 쓸 것이며, 1951년에 출간되는 단편집에는 여덟 편 모두 포함되길 바란다고 알려 왔다. 말할 것도 없이 이 책은 출간만 되면 '퀸의 정예'에 선정될 것이다. 만약 로드 던세이니가 린리 탐정이 등장하는 일곱 편의 '속편' 없이 바로 그 첫 이야기만 썼다면 이 유일한 업적은 린리 탐정의 창조자로서 영원히 에드거 앨런 포 왕의 원탁에 자리했을 것이다.

'내가 알았더라면Had-I-But-Known' 유파(오그던 내시는 이 유파의 이름에 영감을 받았다미국 시인인 오그던 내시는 자신의 시 「추측하지 마. 내가 알려 줄 테니까」로 이 유파를 패러디했다.)의 창시자는 일반적으로 "여자들에게 추앙받는, 의심할 여지 없는 범죄 거장'인 메리 로버츠 라인하트로 알려져 있다. 라인하트 여사의 '내가 알았더라면'의 주인공들 중 우리가 가장 좋아하는 주인공은 독특한 늙은 하녀 티시로, 여사의 책을 낸 출판사 소개에는 이렇게 쓰여 있다. "티시는 미스터리를 사랑하며…… 범죄 수사에 있어서 그녀는 경찰이 허수아비로 보이게 한다." 티시가 등장하는 첫 번째 책은, 티시가 사건을 기웃거리며 염탐하고 다니는 『러티샤 카베리의 놀라운 모험』(인디애나폴리스: 밥스-메릴, 1911)으로 중편 분량의 이야기들이다. 따라서 우리의 관심 분야에서는 다소 벗어나 있다. '내가 알았더라면'은 1인칭 서술자가 자신의 행동이 촉발시킨 일이나 일련의 불운한 사건들을 한탄하며 다가오는 어떤 재앙을 암시하는 예기적 서술 방식을 뜻한다. 고전적으로 서술자와 독자가 실수의 중요성을 깨닫기 전까지 서술자는 잘못된 일에 관하여 절대로 발설하지 않는다. 이 문학적 장치는 서스펜스나 극적 아이러니를 더할 수 있지만 이러한 방식이 과하면 빅토리아 시대의 멜로드라마나 조악한 통속소설이라는 조소를 받기도 한다.

88. 수전 데어의 사건들The Cases of Susan Dare ***HQS***

미뇬 G. 에버하트, 뉴욕 가든 시티: 더블데이, 도런(1934)

『수전 데어의 사건들』은 당대 미국 여성 잡지에서 영향을 받은 듯한—젊고, 매력적이고, 로맨틱하며 지나치게 감상적인—단편소설 형식에서 여성 탐정들의 전형이 되었다.

89. 믿음, 희망 그리고 관용Faith, Hope and Charity ***HQS***

어빈 S. 코브, 인디애나폴리스: 밥스-메릴(1934)

인기 있는 늙은 판사 프리스트의 창조자가 쓴 웃음기 없는 냉소적 범죄소설은 사랑과 절도의 이야기와 극명하게 대조된다. 작가는 심혈을 기울여 응징과 추론, 살인과 살의의 이야기를 『믿음, 희망 그리고 관용』에 담았다. '무언가에 심혈을 기울이고 싶은 날 아침의 나는 정말 볼만하다'라고 어빈 S. 코브는 썼다. '나는 자리에 앉아 삼십 분에 서너 줄꼴로 써 내려가며 땀방울로 구두점을 찍는다. 나는 뮤어 빙하처럼 충동적으로 돌진하는 사람이랄까……. 새커리William Makepeace Thackeray(1811~1863). 19세기 영국 문학을 대표하는 소설가로 『허영의 시장』 등을 썼다는 한 단락을 쓰는 데 삼 주 넘게 걸렸고, 쓴 다음에는 그 단락을 삭제하고 처음부터 다시 시작했다고 한다. 모든 문장이 물 흐르듯 자연스러우며 쉽고 우아하다는 것은 글쓴이의 이마에 주름이 하나 더 생긴다는 의미이다. 진리를 다루는 대부분의 글은 공부와 연구와 끈기 있는 탐구를 뜻한다.' 그보다 더 진실된 글은 쓰인 적이 없다—추리소설에 관해서는.

1934년에 우리의 첫 추리소설 단편집이 출간되었다.

90. 엘러리 퀸의 모험The Adventures of Ellery Queen

엘러리 퀸, 뉴욕: 프레더릭 A. 스토크스(1934)

우리가 초석의 이 최종 목록에 『엘러리 퀸의 모험』을 포함한 이유는 『엘러리 퀸의 모험』과 육 년 후에 출간된 속편 『엘러리 퀸의 새로운 모험The New Adventures of Ellery Queen』(뉴욕: 프레더릭 A. 스토크스, 1940)에 대한 존 딕슨 카의 의견 때문이다. 카 씨는 다음과 같이 평했다. "엘러리 퀸이 등장하는 두 단편집은 타의 추종을 불허한다."

하지만 추리소설에서의 퀸은 킹에게 자리를 내주었다. 1935년, 뉴욕에 소재한 아파트에서 살며, 정보원 노릇을 하는 일본인 의사의 시중을 받는 유한계급의 신사 트레비스 태런트가 유별나게 이상하며 기이한 사건에 연루된다.

91. 호기심 많은 태런트 씨The Curious Mr. Tarrant ***HQR***

C. 데일리 킹, 런던: 콜린스(1935)

『호기심 많은 태런트 씨』에 실린 여덟 가지 '에피소드'는 우리 시대에 가장 창의적인 단편 추리소설들이다. 작가가 미국에 집이 있는 미국인이라는 사실에 반해 그의 뛰어난 단편집이 그의 고향 땅에서 출간된 적이 없었다는 사실은 흥미롭다.

그레이엄 그린의 『지하실과 그 밖의 이야기들』(런던: 크레셋 프레스, 1935)에 실린 여덟 편의 이야기들은 열한 편의 단편들이 더해져 영국에서 『열아홉 가지 이야기들』(런던: 윌리엄 하이네만, 1947)로 다시 출간되기까지 많은 비평가들의 주목을 받지 못했다. 「지하실」은 훌륭한 영화 〈몰락한 우상The Fallen Idol〉의 원작이며 이 영화는 그레이엄 그린이 각본을 쓴 놀랄 만한 성공작인 〈제3의 사나이The 3rd Man〉와 마찬가지로 국제적인 인기를 얻었다. 그린 씨의 미스터리와 범죄 이야기는 공포와 서스펜스에 관한 문학적 성취를 이루었는데 그는 늘 의식적으로 절제된 표현을 썼다.

유명한 단편 「분노 없는 범죄」와 그 밖의 미스터리, 탐정 이야기가 실린 벤 헥트의 『배우의 피』(뉴욕: 코비치-프리데, 1936)를 빼놓을 수 없다. 벤 헥트는 셔우드 앤더슨, 시어도어 드라이저, 칼 샌드버그, 플로이드 델이 포함된 소위 '시카고파' 출신으로 미국에서 가장 유명한 작가들 중 한 명이다. 할리우드에서 엄청난 보수를 받고 있는 그는 언제나 날카로운 눈과 기민한 역설 그리고 종종 악마 같은 재기로 거칠거나 감성적이며, 활기차거나 로맨틱한 이야기들을 끊임없이 써낼 수 있다.

1937년 파리 갈리마르 출판사에서 출간된 피에르 베리의 『첨탑의 야경꾼』—프랑스 미스터리 비평가들에게서 찬사를 받은 단편집—또한 빼놓을 수 없다. 독자를 위한 그의 '은밀한' 서문에서 무슈 베리는 이 이야기들을 파리 경찰 극비 기록 보관소에 있는 은폐된 역사적 사건과 공표되지 않은 기록에서 발췌했다고 주장한다. 그는 또한 자신의 '직업적 양심'이라고 칭하는 것에 대해서도 말한다—즉, 자신의 사실주의에 대한 열정에 대해서. 아아, 그러나 글쟁이의 부담—그의 영원한 정신분열증—이 또 다시 발현한다. 그 이전의 (그리고 이후로 더 많을) 작가들처럼 무슈 베리는 억누를 수 없는 공상의 유혹을 발견한다. 그의 단편 제목 중 하나를 보라. 『칠십만 개의 분홍 무』.

영국으로 돌아가, 존 스트레이치1901~1963. 영국의 사회주의 작가이자 노동당 정치가는 마이클 이네스, 니콜라스 블레이크, 마저리 앨링엄을 영국 탐정소설의 '유망주'로 명명했다. 남자 작가들의 경우는 오늘날까지도 그렇다.

92. 캠피언 씨와 다른 사람들Mr. Campion and Others **HQS**

마저리 앨링엄, 런던: 윌리엄 하이네만(1939)

이네스와 블레이크는 단편집이 출간된 적 없지만 마저리 앨링엄의 『캠피언 씨와 다른 사람들』은 영국판의 일부가 실린 『미스터 캠피언: 탐정』(뉴욕 가든 시티: 더블데이, 도런, 1937)이라는 제목으로 출간되었다. 이 단편집은 근대에 들어 영국에서 출간된 단편집 가운데 가장 문학적인 작품 중 하나로, 초석이 되기에 충분하다. 앨링엄 씨는 능숙하고 유려하다. 그녀의 플롯들은 절대 고정적이거나 기계적이지 않으며 언제나 심리적 통찰을 함축하여 보여 준다. 그녀가 창조한 탐정 앨버트 캠피언은 호리호리한 체구의 온화한 인물로 탐정 전통에 따르는 뿔테 안경을 쓴 정중한 도락가이다. 그는 건실한 세계나 지하 세계 사람들 모두에게 친숙한 사람이다. 상류계급 사람들(특히 궁지에 몰린 아름다운 처녀들)은 조언과 협력을 구하기 위해 그를 찾는다. 또한 캠피언이 명백한 상류층이라는 사실에도 불구하고 그는 영국 범죄계의 거물과 하찮은 좀도둑 모두에게 존경뿐 아니라 애정까지 얻고 있다.

캠피언이 등장하는 두 번째 단편집은 『캠피언 씨의 사건집』(뉴욕: 아메리칸 머큐리, 1947)으로, 엘러리 퀸이 쓴 서문에서는 캠피언이 등장하는 마저리 앨링엄의 첫 번째 단편집의 이중 제목과 관련하여 서지학적으로 꼬인 부분에 대해 설명한다.

93. 트렌트 개입하다Trent Intervenes **HQS**

E. C. 벤틀리, 런던: 토머스 넬슨(1938)

우리는 E. C. 벤틀리의 유명한 작품 『트렌트 최후의 사건Trent's Last Case』(1913)이 (작가의 말에 따르면) "보다 근대적인 성격 묘사를 시도"한 최초 성공작이었다고 생각한다. "그 기저에는 가능한 한 홈즈에서 멀리 떨어져야 한다는 생각이 있었다. 트렌트는…… 자의식 과잉이 아니다. 그는 과학적이지도 않으며 전문적인 범죄 수사관도 아니다. 그는 우연히 범죄 저널리즘에 뛰어든 화가일 뿐이다……. 그는 보통 사람보다 감이 뛰어난 것도 아니며 사람을 멀리하지도 않을뿐더러 사람들과의 만남을 즐기고 친구를 쉽게 사귀는 사람이다. 심지어 사랑에 빠지기까지 한다. 그는 경찰을 일을 그르치는 얼빠진 사람처럼 취급하지도 않고 그들의 훈련된 능력을 높이 산다. 모두가 홈즈 같지는 않다." 그리고 『트렌트 개입하다』에는 그 모든 것이 최상의 엔터테인먼트와 섞여 있다.

같은 해 범죄 이야기를 담은 뛰어난 단편집 『긴 계곡』(뉴욕: 바이킹 프레스, 1938)이 출간되었다. 특히 「살인The Murder」은 살인이라는 행위를 통해 서로를 이해하고, 그 이해를 통해 행복을 달성하는 남편과 아내에 관한 연구다.

누구나 알다시피 혹은 누구나 알아야 하듯 카터 딕슨과 존 딕슨 카는 한사람이다. 근대 탐정소설에서 가장 걸출한 두 탐정—기디언 펠 박사와 헨리 메리베일 경(H. M.)—의 창조자인 존 딕슨 카는 매년 위상을 키워갔다. 오래전 자신을 토르케마다Palencia Torquemada(1420~1498). 도미니크회 수도사로 스페인의 초대 종교 재판소장을 지냈으며 10,220명을 화형하고 유대인을 박해했다라고 칭하는 영국 비평가가 카 씨를 '빅 파이브 중 한 명'이라고 평했다'평가하다', '등급을 매기다'라는 뜻의 rate에는 '꾸짖다'라는 뜻도 있다. 토르케마다는 존 딕슨 카를 아마 영국에 사는 탐정소설 작가 가운데 '위대한 다섯 작가 중 한 명'이라는 뜻으로 말했으리라. 실제로 그 말은 사실이며, 그는 살아 있는 모든 탐정 작가 가운데 위대한 한 명이다.

존 딕슨 카는 범죄 문학에 있어서 아마 가장 매혹적인 속임수라고 할 수 있는 '기적' 같은 사건을 전문으로 한다—'밀실', 용의주도한 페어플레이, 더할 나위 없이 자연스러운 결말을 맺는 초자연적인 분위기와 완벽하게 가능한 결말로 이어지는 '불가능한' 살인. 그는 의도적인 미스디렉션주의를 다른 곳으로 돌리게 하는 장치의 달인이다. 그러나 완벽하게 정직하다. 그것은 그가 범죄학적 속임수의 달인이기도 하다는 말이기도 하다.

그의 첫 번째 단편집은 근대의 가장 중요한 단편집 중 하나다.

94. 기묘한 사건 사고 전담반The Department of Queer Complaints

HQR

카터 딕슨, 런던: 윌리엄 하이네만(1940)

열한 편의 이야기가 실려 있는 『기묘한 사건 사고 전담반』의 전반부 일곱 편은 스코틀랜드 야드 소속의, 책 제목 그대로 이상한 이름의 부서의 우두머리인 마치 대령이 중요한 역할을 한다. 이러한 일련의 탐정과 미스터리에 관한 위대한 두 작품이 있다. 『기묘한 사건 사고 전담반』과 체스터튼의 『기묘한 이야기를 나누는 클럽』(런던: 하퍼, 1905)은 스트랜드 가라는 추론의 거리에서 만나 악수를 나누며 어깨동무를 하고 미국 전역에 다 들릴 만큼 큰 소리로 낄낄거린 다음 팔짱을 낀 채 거들먹거리며 걷는 것처럼 보인다. 그리고 존 딕슨 카의 두 번째 단편집 『펠 박사와 사건들』(뉴욕: 아메리칸 머큐리, 1947) 역시 모든 단편에 추론의 기쁨이 배어 있다.

제2근대기 십 년은 윌리엄 맥하그의 두 번째 중요한 기여와 함께 막을 내렸다. 오맬리 탐정이 등장하는 단편들은—평균 삼천 단어 정도 분량으로 정말 짧다—거의 기본 영어의 좋은 본보기라고 할 수 있다. 작가는 긴 문장이나 잘 쓰이지 않는 단어를 거의 쓰지 않았고, 문장 구조는 매우 간단하다. 그렇다고 방심해서는 안 된다. 이 책에 실린 이야기들은 만만치 않다. 내용은 거칠고 간결하며 힘이 넘치고 자연스러우며, 완벽하게 꾸밈없는 문체는 이 분야에 있어서 진정한 리얼리즘의 정점을 찍는다.

95. 오맬리 사건집The Affairs of O'malley *HQ-*

윌리엄 맥하그, 뉴욕: 다이얼 프레스(1940)

『오맬리 사건집』이 삼십 년에 걸친 작가의 중요한 개척의 결과라는 사실은 놀랍다. 1910년 에드윈 발머와의 공저(『루서 트랜트의 업적』을 보라)를 초석으로 올렸던 윌리엄 맥하그는 1951년 2월 21일 사망할 때까지 특별한 단편들을 쓰고 있었다. 그는 제1황금기의 개척자이자 참다운 의미의 선구자였다. 군더더기 없는 오맬리—모든 '멍청한 경찰들' 가운데 가장 수완이 좋은—시리즈는 문학이라는 소형 카메라의 명료함으로 경찰의 일에 초점을 맞춘다.

제2근대기(1931~1940)는 여러 위대한 탐정들 가운데 무슈 프로제, 성자, 엘러리 퀸, 트레비스 태런트, 앨버트 캠피언, 필립 트렌트, 마치 대령 그리고 오맬리를 우리에게 가져다주었고, 수많은 집 가운데 살인이라는 집에 열세 권의 초석을 안치했으며, 여러 위대한 탐정들은 미래를 향한 경이로운 약속과 함께 앞으로의 십 년으로 우리를 데려갈 것이다.

IX 르네상스

르네상스라고 불리는 마지막 십 년은 단편 추리소설이 새로운 고지를 향해 재차 행진을 시작한다.

96. 이시드로 파로디의 여섯 가지 사건 ***HQR***

Seis Problemas Para Don Isidro Parodi

H. 부스토스 도메크, 부에노스아이레스: 수르(1942)

1941년에 우리는 르네상스를 알리는 서곡으로, 콜린 스타 박사가 등장하는 루퍼스 킹의 『진단: 살인Murder』(뉴욕 가든 시티: 더블데이, 도런, 1942)과 아마도 스페인어로 쓰인 첫 추리 단편집이자 주목할 만한 작품인 『이시드로 파로디의 여섯 가지 사건』을 들었다. 범죄 콘서트가 열린 것은 윌리엄 아이리시의 첫 단편집 『너처럼 되지 않을 거야』(필라델피아: J. B. 리핀코트, 1943)의 출간이었다.

97. 만찬 후의 이야기After-Dinner Story *HQ-*

윌리엄 아이리시, 뉴욕: J. B. 리핀코트(1944)

『춤추는 탐정The Dancing Detective』(필라델피아: J. B. 리핀코트, 1946)도 뛰어나지만 개인적으로 우리는 『만찬 후의 이야기』가 초석으로 더 적합하다고 생각한다. 코넬 울리치라는 필명을 쓰는 윌리엄 아이리시는 당대 범죄 이야기에 있어서 가장 다이내믹한 재능을 가진 작가 중 한 명이다. 그의 작품 대부분은 공포와 서스펜스가 흘러넘치는 심리 스릴러로 플롯, 문체, 기교가 교묘하기 이를 데 없이 어우러져 대개 의표를 찌르는 결말을 이끈다. 앤서니 바우처는 일상에 도사린 기이한 전율과 스멀스멀 피어나는 공포로 '망가져 가는 일상의 엄청난 영향'을 아이리시—울리치의 작품 덕분으로 돌린다.

또한 1944년은—우리 시대 범죄 콘서트의 교향곡이라고 할 수 있는—대실 해밋의 첫 단편집[1]이 출간된 기념비적인 해이다.

1 대실 해밋의 단편들은 1920년대 초반에 잡지, 주로 《블랙 마스크》에 실리기 시작했고, 1944년까지 단행본으로 나오지 않았다.

해밋은 누구나 인정하는 하드보일드 유파의 창시자이며, 하드보일드는 거친 표현—거친 문체, 세련미, 섹스, 폭력 그리고 탐정 활동—을 전문으로 한다. 어떻게 해밋은 순수한 멜로드라마라는 배경에 반해 우리가 현재 하드보일드 종種으로 연관 짓는 거친 리얼리즘을 성취해 냈을까? 그 비밀은 그의 방법에 있다. 해밋은 근대 동화를 리얼리즘의 용어로 말한다. 그는 극도의 낭만주의적 플롯을 극도의 사실주의적 성격 묘사와 결합한다. 그의 이야기들은 완벽하며, 그의 캐릭터들은 생생하게 살아 있다. 그의 이야기들은 대담하고 현란한 오락물이지만 이 이야기들에 등장하는 캐릭터들은 진짜 사람처럼 말하고 생각하고 행동하는 진짜 인간이다. 그들의 말은 거칠고 저속하고 간결하며 그들의 욕망, 감정, 좌절은 솔직하게 벌거벗은 채로 놓여 있다. 이것이 우리가 해밋에게 큰 빚을 지고 있는 것이며, 작가, 독자 혹은 탐정소설 비평가조차 이 사실을 부인할 수 없다. 그는 잘 다듬어진 영국 범죄소설의 강한 영향에서 맹렬하게 탈피하여 힘이 빠지고 감상적인 고전주의에서 우리를 떼어 놓았다. 그는 우리에게 처음으로 백 퍼센트 미국적이며, 처음으로 진짜 국산 탐정소설을 안겨 주었다. 그는 새로운 종류의 탐정소설을 발명한 것이 아니라 옛날이야기를 말하는 새로운 방식을 발명했다.

98. 샘 스페이드의 모험The Adventures of Sam Spade HQS

대실 해밋, 뉴욕: 로런스 E. 스피백(1944)

해밋의 모든 단편집이 중요하지만 의심의 여지 없이 초석이 될 단편집은 『샘 스페이드의 모험』이다. 이외에 『콘티넨털 옵』(뉴욕: 로런스 E. 스피백, 1945), 『콘티넨털 옵의 귀환』(뉴욕: 조너선 프레스, 1945), 『해밋 호미사이드』(뉴욕: 아메리칸 머큐리, 1946), 『데드 옐로 우먼』(뉴욕: 조너선 프레스, 1947), 『나이트메어 타운』(뉴욕: 아메리칸 머큐리, 1948), 『소름끼치는 시아미즈』(뉴욕: 조너선 프레스, 1950), 『어둠 속의 여인』(1951년 출간 예정) 그리고 『신Thin이라는 이름의 남자』(1952년 출간 예정)가 있다. 아홉 권으로 묶여 출간된 이 탐정소설 단편집 시리즈는 이 분야에서 견줄 데가 없다. 유일하게 필적할 만한 작품으로는 윌리엄 아이리시(코넬 울리치)의 아홉 권의 단편집 시리즈이다. 이 모든 작품들이 십 년간의 르네상스기에 출간되었다.

해밋의 뒤를 잇는 프로그램은 범죄 협주곡으로, 거친 폭력과 유혈이 낭자한 유파의, 머리가 허연 소년 레이먼드 챈들러가 쓴 단편집이다. 이 단편집은 뒤늦게야 엮여져 출간되었다.

99. 다섯 명의 살인자Five Murderers *HQS*

레이먼드 챈들러, 뉴욕: 에이번(1944)

『다섯 명의 살인자』, 『다섯 명의 사악한 사람들』(뉴욕: 에이번, 1945), 『밀고자』(뉴욕: 에이번, 1947), 이렇게 세 권으로 묶여 출간된 첫 단편집 시리즈는 성공을 거두었다. 열세 편의 단편과 한 편의 비평 에세이가 실린 이 세 권의 페이퍼백 책들은 신문 가판대에서 각각 이십오 센트에 팔렸다. 이 단편집들에 실린 단편 중 다섯 편이 수록된, 사십구 센트짜리 클로스 장정 책이 『붉은 바람』(클리블랜드: 월드, 1946)이라는 제목으로 다시 출간되었고, 또 다른 다섯 편이 마찬가지로 사십구 센트짜리 클로스 장정 책으로 『스패니시 블러드Spanish Blood』(클리블랜드: 월드, 1946)라는 제목으로 다시 출간되었다.[2] 그리고 그의 열세 편의 단편 중 열한 편과 비평 에세이, 페이퍼백 초판본에는 포함되어 있지 않았던 한 편이 『심플 아트 오브 머더The Simple Art of Murder』(보스턴: 호튼 미플린, 1950)라는 제목하에 옴니버스 형식으로 출간되었다.

2 첫 영국판 또한 다섯 편의 단편이 수록되었다. 1/6파운드(21센트)짜리 커버가 있는 책으로 『트러블 이즈 마이 비즈니스(Trouble Is My Business)』(하몬즈워스: 펭귄, 1950)였다.

이 클로스 장정의 단편집—내용의 90퍼센트 이상이 이전에 출간 되었던—의 가격은 삼 달러 오십 센트였다.

이처럼 챈들러 단편집은 일반적인 출판 절차를 역행하여 출간되었다. 대개 최초 판본이 가장 높은 가격으로 유통이 된 후 후속 판본들의 가격은 점점 싸지기 마련이다. 챈들러 단편집의 처음 판본들은 각각 25센트였고, 이후 49센트까지 매겨졌다가, 두 번째 증쇄(단편 한 편이 빠진)에는 첫 판본 가격의 네 배 이상 뛴 가장 높은 가격이 매겨졌다! 대단한 인플레이션이다. 앞으로 다시 출간될 챈들러 단편집의 가격은 얼마나 되겠는가? 테코노믹스'tec-onomics detective와 economics를 합친 저자의 말장난의 흥미로운 투기랄까.

1943년 하반기에 《엘러리 퀸 미스터리 매거진》은 릴리언 드 라 토레의 역사 추리소설 시리즈를 게재했다. 이 단편들의 주인공은 문단의 위대한 원로이며 플리트 가과거 많은 신문사가 있던 런던의 중심부의 현자였던, 쾌활하고 당당한 샘 존슨1709~1784. 현존했던 영국의 어학자이자 비평가로, 영어 사전을 편찬했다 박사로, 그는 18세기의 범죄와 교활한 속임수를 간파하는 데 엄청난 지식을 바쳤다. 작가가 이 시리즈를 쓰게 된 계기가 흥미롭다. 어느 날 작가는 제임스 보즈웰1740~1795. 현존했던 영국의 전기 작가로 새뮤얼 존슨의 전기를 썼다—불멸의 보지Bozzy—이 사실상 가장 위대한 '왓슨'이었다는 사실에 생각이 미쳤다. 그리고 즉시 추리 형식의 이야기들이 존슨 박사의 생애에 있었던 기묘한 인물들과 미심쩍은 사건들을 소재로 모양을 갖추기 시작했다. 《엘러리 퀸 미스터리 매거진》에 첫 단편이 실리기 바로 전 드 라 토레 씨가 우리에게 편지를 쓰길, 자신이 생각한 사실과 자신의 언어로 쓴 '진실성에 정말 쓸데없는 자부심(정말 이렇게 썼다!)'을 갖고 있다고 밝혔다.

100. 탐정 샘 존슨 박사Dr. Sam: Johnson, Detector ***HQ-***

릴리언 드 라 토레,뉴욕: 앨프리드 A. 크노프(1946)

더 큰 진실은 작가가 『탐정 샘 존슨 박사』에서 위대한 노신사학자를 생생하게 재탄생시켰다는 사실이다. 『탐정 샘 존슨 박사』는 여태까지 쓰인 역사 탐정소설 가운데 가장 멋진 작품으로, 학구적이며 유머가 넘치고 운치 있으며 눈을 뗄 수 없는 세부 묘사가 훌륭하다.

같은 해인 1946년, 이 시대의 유명한 역사 소설가 중 한 명이며, 『스카라무슈Scaramouche』와 『블러드 선장Captain Blood』을 쓴 라파엘 사바티니 또한 열여섯 편의 이야기가 담긴 역사 추리소설 단편집을 출간했다. 범죄에 관한 '거친 이야기'와 사기, 협잡, 갈취, 협박, 반역, 강도, 폭행, 뇌물, 살인에 관한 '악당들의 폭력' 이야기들이 실려 있다.

101. 거친 이야기들 Turbulent Tales *HQ-*

라파엘 사바티니, 런던: 허친슨(1946)

당신은 『거친 이야기들』로 성찬을 즐기게 될 것이다. '완벽한 범죄 달력'일 뿐 아니라 악한, 불량배, 노상강도, 가택 침입 강도, 첩자, 사기꾼 같은 '완벽한 범죄자' 또한 만날 수 있다. (악행들이 낱낱이 열거되고 범행이 이루어지는 순간이 그려져 있다.) 생생하고 다채로운 문체로 풍성하게 펼쳐지는 이 이야기들에는 대담한 모험과 싸움, 극적인 액션이 담겨 있다. 진짜배기 시대극이며, 미켈란젤로, 제프리스 수석 재판관1645~1689. 걸핏하면 죄수를 교수형에 처했던 가혹한 재판관, 카사노바 그리고 카글리오스트로1743~1795. 18세기 이탈리아의 오컬트 신봉자이자 모험가였던 백작 같은 역사 속 유명 인물들이 얽힌 사건들(출처는 불분명하다)에 관한 이야기들이다.

한편 멕시코에서는 안토니오 엘루가 첫 번째 위대한 멕시코인 탐정 막시모 롤단을 선보이며 국경 이남 탐정 유파를 창시했다. 미국에 가장 먼저 소개된 단편에서 롤단은 복잡하고 이해하기 어려운 살인 사건을 해결해서 범죄가 돈벌이가 된다는 사실을 입증했다. 롤단은 살인 사건을 해결한 뒤 1만 패소에 해당하는 보석을 챙겼다. 따라서 그는 (탐정) 일과 (도둑질의) 기쁨을 결합하였다. 롤단의 도둑 사전에 따르면 죄의 삯은 수사다.

102. 살인 충동La Obligacion De Asesinar ***HQR***

안토니오 엘루, 멕시코시티: 알바트로스(1946)

이 멕시코판 아르센 뤼팽의 놀라운 활약은 『살인 충동』에 잘 나타나 있다.

1947년에는 별 네 개짜리 최고의 단편집 두 권이 출간되었다. 하나는 힐데가드 위더스가 등장하는 단편집이다. 살인 사건 해결사 힐디는 의문의 여지 없이 매우 유명한 독신 여성 탐정 중 한 명이다. 평범한 팬들과 까다로운 마니아들은 힐데가드 위더스의 모험(그리고 불운)이 진지한 범인 찾기 미스터리가 아니라는 말을 새겨 들을 필요가 없다. 그와는 정반대로 그 이야기들은 교활한 놀이들이다. 로버트 브라우닝의 극시 〈피파가 지나간다Pippa Passes〉처럼 힐디가 자신의 천국에 있을 때 온 세상이 평화롭다〈피파가 지나간다〉는 '아침의 노래' 또는 '봄의 노래'라는 제목으로 자주 인용되는 시다. 일 년 중 364일을 일하고 단 하루의 휴가를 얻은 소녀 피파가 그날 아침 희망에 차 부르는 노래의 끝은 이렇게 맺는다. '하느님은 하늘에 계시니/ 온 세상이 평화롭다'.

103. 힐데가드 위더스의 수수께끼The Riddles of Hildegarde Withers *HQS*

스튜어트 파머, 뉴욕: 조너선 프레스(1947)

엄청난 참견쟁이이며 활력이 넘치고, 저항할 수 없이 매력적이며, 나무랄 데 없이 뛰어난 탐정 힐디는 『힐데가드 위더스의 수수께끼』에서 살인을 해결하고 웃음을 이끌어 낸다. 두 번째 단편집 『원숭이 살해와 힐데가드 위더스의 다른 이야기들』(뉴욕: 머큐리 퍼블리케이션, 1950)에는 여덟 편의 단편 외에 작가 자신과 그의 독신 여교사 탐정에 관한 전기가 실려 있다. 탐정에 관해서는 "가장 위대한 여자 탐정 중 한 명이며…… 그녀는 영원히 잊히지 않을 것이다"라고 서술했다.

1947년에 출간된 또 다른 초석은 R. 오스틴 프리먼이 발명한 '도서' 추리 방식을 현시대에서 가장 자유자재로 구사하는 로이 비커스의 타이프라이터에서 나왔다.

104. 미궁과 사건부The Department of Dead Ends *HQS*

로이 비커스, 뉴욕: 아메리칸 머큐리(1947), 런던: 페이버 앤드 페이버(1949)

『미궁과 사건부』에 실린 모든 단편은 특이한 살인 사건들의 전모를 이야기해 준다. "일 분 단위의 자세한 범죄 묘사, 선행 사건들과 동기, 수반되는 모든 상황을 진술한다." 독자들은 '저질러진 범죄를 목격하고 그 범죄에 관한 모든 것을 안다'. 『미궁과 사건부』에 수록된 이야기들은 프리먼 박사가 '발명한' 이야기들만큼 연역적이지는 않다. 증거의 성질이 과학적이지도 않으며 반박의 여지가 없는 것도 아니다. 그러나 프리먼 박사의 고전 단편과 비교할 때 비커스의 단편들은 심리적 차원에서 더욱 흥미로우며, 프리먼 박사가 결코 성취하지 못했던 서스펜스를 유발한다. 비커스의 단편들은 이 분야와는 어울리지 않았던 일종의 리얼리즘 또한 보여 준다. 그 리얼리즘이라는 것이 따분하거나 무미건조하지도 않다. 현실 생활에서 반복적으로 발생하는 믿을 만한 판타지로 가득하다. 작가의 리얼리티가 담긴 진실한 상상력이 모든 작품에서 현실 같지 않은 이상한 현실감을 드러낸다.

미궁과Department of Dead Ends 시리즈 두 번째 단편집의 제목은 내용과 매우 어울리는 『살인은 일어날 것이다』(런던: 페이버 앤드 페이버, 1950)이다. CID와 FBI처럼 DDE의 이야기들이 영원하기를…….

언급할 가치가 있는 또 다른 '도서' 추리소설 단편집으로는 프리먼 윌스 크로프츠의 『살인자는 실수를 저지른다』(런던: 호더 앤드 스토턴)가 있다. 비록 초판 속표지 왼쪽 면에는 '1947년 2월 초판 인쇄'라고 쓰여 있지만 그 책은 실제로 1948년 3월 8일까지 출간되지 않았다. 이 단편집에는 스물세 편의 단편이 수록되어 있는데, 그중 열두 편이 '도서' 추리 타입(이중 구성이라고 불리는)이며 열한 편이 '일반적인' 타입(단일 구성이라고 불리는)이다. 크로프츠의 현실감 넘치는 탐정 프렌치 경감이 등장하는 단편들은 모두 1943년, 1944년 그리고 1945년에 BBC에서 방송되었던 크로프츠 씨가 각본을 쓴 라디오 극에 기초했다. 작가의 말에 따르면 "그 단편들은 라디오 극과 똑같지는 않다. 다르게 각색했을 뿐 아니라 더 많은 세부 묘사를 담고 있다"고 한다.

단편 형식으로 프렌치 경감이 등장한 책이 있다는 것은 잘 알려지지 않은 사실이다. 1940년대 초기(1943년쯤) 런던의 밸런시 출판사는 단편 한 편이 담긴, 『여우 사냥꾼의 무도회 살인』이라는 제목의 얇은 페이퍼백을 출간했다. 이 단편은 후에 「사냥꾼 무도회 사건」이라는 제목으로 『살인자는 실수를 저지른다』에 포함되었는데 작가가 '결말을 바꾸었다'고 한다.

105. 기사의 첫 수 Knight's Gambit *HQ-*

윌리엄 포크너, 뉴욕: 랜덤 하우스(1949)

1949년은 엉클 개빈이 등장하는 여섯 편의 이야기가 수록된 『기사의 첫 수』라는 주요한 초석을 낳은 해이다. 우리가 처음 엉클 개빈이 등장하는 단편 탐정소설을 읽었을 때 주인공인 그의 성姓은 전혀 언급되지 않았다. 이야기를 서술하는 엉클 개빈의 어린 조카는 어떤 성도 언급하지 않았다. 이로 인해 우리는 포크너의 캐릭터와 멜빌 데이비슨 포스트가 초기에 창작한 단편에 나오는 유사한 인물들—엉클 애브너와 이름 없는 '왓슨 역' 조카—사이에 어떤 연관성이 있을 것이라고 생각했다. 그러나 후속 이야기들을 통해 우리는 엉클 개빈의 이름이 개빈 스티븐스였고, 그의 왓슨 역 조카가 칙 맬리슨이라는 것을 알게 되었다.

하지만 우리가 추측한 모든 '사실'이 잘못되었다고 하더라도 직감은 옳다고 말하고 있었다. 포스트의 캐릭터와 포크너의 캐릭터 사이에는 더 깊은 유대가 존재한다는 사실은 유효하다. 엉클 애브너와 엉클 개빈에게는 위엄에 가까운 존엄함이 엿보이며, 두 캐릭터 모두 정의에 대한 지나친 열정으로 가득 차 있으며, 두 캐릭터의 말투와 생각에는 신비한 분위기가 느껴지고, 두 캐릭터 모두 윤리적으로, 종교적으로, 인간적으로 매우 건실한 남자들이며, 둘 다 속속들이 미국인이다.

개빈 스티븐스의 탐정 철학은 정확히 정통적이지는 않다. 엉클 애브너라면 소설 속(혹은 현실에서도)의 모든 위대한 탐정들이 그랬듯이 전적으로 정통적인 방법을 지지했을 것이다. 개빈은 다음과 같이 말한다. "나는 사실보다 정의와 인간에 더욱 흥미가 있다. 나는 살면서 세상에 어떤 진실도 본 적이 없다. 그리고 관여하고 싶지 않은 수단을 통해 얻은 정의를 봐 왔다." 이것이 대학교수들과 함께 아인슈타인과 토론을 나누고, 시골 잡화점에 둘러앉은 시골 사람들 사이에 끼어 그들이 쓰는 말로 오후를 보냈던 하버드 우등생 출신 엉클 개빈이 한 말이다.

포크너의 『기사의 첫 수』의 출판, 광고, 비평은 미국에 존재해 왔고, 지금도 존재하는 부끄러운 문학적 속물근성을 다시 한 번 역설했다. 수많은 출판업자와 비평가 들은 탐정소설을 문학적 사생아로 취급하며 오만한 태도로 괄시했다. 일례로 1949년에 포크너의 노벨 문학상이 점쳐졌을 때(1950년 11월 10일까지 공식적으로 발표되지 않았다) 『기사의 첫 수』를 출간한 출판사는 이 작품을 작가의 첫 '탐정소설'이라고 광고했다. 처음이라고? 『무덤의 침입자』(1948)가 탐정소설이 아니었다면 뭐였단 말인가? 그리고 마치 탐정이 더러운 말이라도 된다는 듯한 그 따옴표는 뭐란 말인가? 《뉴욕 타임스》는 이 작품을 '탐정소설 형식을 빌린' 단편집으로 여러 주 동안 언급하며 작가가 문학적 외도로 빈민가 탐방을 했다는 오만한 암시를 풍겼다. 그리고 신성한 《새터데이 리뷰 오브 리터러처》의 하워드 멈퍼드 존스는 엉클 개빈을 상당히 경멸하며 '아마추어 탐정의 변종일 뿐'이라고 묘사했다. 존스 씨가 말하길, "어떤 의미에서, 이 책에 실린 이야기들은 미스터리다"라고 했다. 마치 그 이야기들이 열등한 것이라도 된다고 낙인찍듯이. 그는 포크너의 '서술의 힘'을 인정하면서도 조심스럽게 다음과 같이 지적했다. "하지만 서술의 힘이 플롯은 아니다." 마치 플롯 그 자체가 대단한 미덕이기라도 하다는 듯 말이다.

분명하고 간단한 사실은, 『기사의 첫 수』가 경멸 받을 이유가 전혀 없는 탐정소설이라는 점이며, 탐정소설로서의 보다 큰 가치에 대해 평가를 받아야 한다. 이제 작가로서 국제적 위상이 높아진 포크너는 다시 한 번 뻔뻔스럽게, 이제는 성년에 이른 탐정소설을 쓴다는 것을 증명해야—문학적 속물근성의 증명이 여전히 필요하다면—한다. 코난 도일, 모리스 르블랑, 잭 푸트렐, R. 오스틴 프리먼, 멜벨 데이비슨 포스트, H. C. 베일리, 애거서 크리스티, 도로시 L. 세이어스, 조르주 심농, 마저리 앨링엄, 대실 해밋, 존 딕슨 카 그리고 코넬 울리치 같은 탐정소설 작가뿐 아니라 찰스 디킨스, 마크 트웨인, 로버트 루이스 스티븐슨, G. K. 체스터튼, O. 헨리 그리고 W. 서머싯 몸—그리고 두말할 것도 없이 중요한 토머스 하디, 오스카 와일드, 러디어드 키플링, H. G. 웰스, 존 골즈워디, 안톤 체호프, 싱클레어 루이스, 펄 S. 벅, 에드나 세인트 빈센트 밀레이, 존 스타인벡, 어니스트 헤밍웨이—그리고 윌리엄 포크너…… 같은 세계적으로 유명한 문호에 의해 110년간의 범죄학적 초석이 놓이게 되었다.

1950년에 출간된 걸출한 단편집은 의학 미스터리와 과학수사가 완벽하게 혼합된 현시대의 완벽한 본보기였다.

106. 진단: 살인Diagnosis: Homicide HQ-

로런스 G. 블록맨, 필라델피아: J. B. 리핀코트(1950)

『진단: 살인』에서 당신은 현대 과학수사—병리학, 화학, 혈청학, 현미경 검사, 독물학—를 무기로 하는 병리학자 대니얼 웹스터 커피 박사를 만난다. 작가가 의사나 과학자는 아니었지만 그는 법의학을 꿰고 있다. 뉴욕, 샌디에이고, 도쿄, 상하이, 캘커타, 방콕, 파리 등에서 경찰 기자로 일한 그는 훌륭한 경찰 수사에 의해 실제 살인 사건이 해결되는 모습을 수도 없이 목격했다. 따라서 그의 과학적 범죄 수사에 관한 이야기들은 실제 경험에서 얻은 진짜 지식의 결과다.

탐정소설의 역사에서 중요한 모든 책이 연대순으로 목록화되고, 논의된 것이 사실인 반면 각각의 초석들에 대한 상세한 설명이 탐정소설의 진화라는 큰 양식들 속에서 모호해졌는지도 모르겠다. 그러므로 이쯤에서 포 이후의 모든 시대가 필연적으로 중복되고 혼합되었으리라는 점을 유념하면서, 그리고 장편 탐정소설과 관련한 유사한 발전들이 필연적으로 단편 탐정소설에 구조적 · 주제적 변화에 영향을 미쳤으리라는 것을 유념하면서 형식의 역사에서 중요한 작용과 반작용 들의 개요를 얘기하는 것이 바람직해 보인다.

자, 다음이 본 장르에 있어서 첫 110년간의 주요한 탐정소설 동향이다.

(1) 1841년: 근대 탐정소설의 태동과 포 시대의 시작. 지적인 면의 개발에 역점(분석과 추론). 선정적인 면의 개발에 두 번째 역점('스릴러').

(2) 1850~1894년: 영국에서는 가짜 수기가 유행한 시대였고, 미국에서는 1872년부터 다임 노블이 유행했다. 1856년부터 시작된 영국에서의 '리얼리즘'은 '회고록', '수기' 등의 외피를 둘렀지만 영국과 미국 두 나라 모두에서 모험적 요소가 강력히 가미된 멜로드라마 타입의 탐정소설로의 분명한 분기점을 이루는 데 도움을 주었다.

(3) 1887년: 셜록 홈즈의 탄생과 도일의 시대 시작. 모험이 가미된, 분석과 추론 유파로 회귀하면서 그 유파를 유지하고 더욱 발전시켰다.

(4) 1894년: 현재 '의학 미스터리'라고 불리는 장르의 시작.

(5) 1907년: 과학적 탐정소설의 도래. 손다이크 박사 시리즈로 과학적 탐정소설의 첫 절정기를 맞았다. 이것은 후더닛whodunit 범인 찾기를 중시하는 유형에서 하우더닛howdunit 방법을 중시하는 유형으로의 주요한 추세 변화를 대변한다. 동시에 그 변화는 1897년에서 1907년 사이에 또 다른 진화—주인공으로서의 범죄자(클레

이 대령, 래플스, 뤼팽 등)—를 야기했다.

(6) 1908년: 일반적으로 메리 로버츠 라인하트가 처음 시작한 것으로 알려진 '내가 알았더라면Had-I-But-Known' 유파의 태동.

(7) 1910년: 심리 탐정소설의 첫 무대. 전적으로 과학적인 단계로, 윌리엄 맥하그와 에드윈 발머가 루서 트랜트 시리즈로 개척했다.

(8) 1912년: R. 오스틴 프리먼에 의한 '도서' 추리의 발명.

(9) 1913년: 자연주의 탐정소설의 시작. 특히 캐릭터 면에서 그러하며, E. C. 벤틀리의『트렌트 최후의 사건』을 시작으로 본다.

(10) 1920년대 초기: 지나친 자연주의의 반발로 하드보일드 유파가 태동했다. 일반적으로 대실 해밋을 그 시작으로 본다.

(11) 1929년: 최초의 정신분석학적 탐정 탄생—하비 J. 오히긴스가 창조한 탐정 더프.

(12) 1930년대: 사건 발생 이후보다 사건 발생 이전에 초점을 맞추는 구성의 '도서' 추리가 장편에서 우세하였다. 동시에 심리 탐정소설의 두 번째 무대—감정과 정신병적 단계—의 막이 오른, 소위 '서스펜스' 장르가 태동하였다. 이 경향은 탐정소설의 또 다른 주요한 변화—후더닛에서 하우더닛을 거쳐 와이더닛동기를 중시하는 유형으로의—를 대변한다.

(13) 1940년대: 과도기 십 년으로, 지성과 선정성의 완벽한 균

형을 맞춘 종의 기원인 에드거 앨런 포의 「도둑맞은 편지」로 회귀하였다. 1940년대에는 동시대의 다양한 기법들을 수용하여 균형을 맞추려는 꾸준한 시도를 보였다. 작가 저마다의 수준 높은 특색을 유지하고, 성격 묘사, 동기, 배경 등의 모든 면에서 자연주의적 특성을 이어가면서 분석적 유파와 심리적 유파를 혼합하였다.

불행히도 몇몇 저명한 작가들이 창조한 유명한 탐정들의 공훈이 단편 형식으로 기록되지 못한 점에 대해 언급하지 않고 단편 탐정소설의 역사를 마치는 것은 공평하지 않으리라. 전 세계 독자들은 얼 데어 비거스가 공자의 정신으로 무장한 찰리 챈이 등장하는 단편을 전혀 쓰지 않은 것을 유감스럽게 생각할 것이다. 마찬가지로 S. S. 밴 다인이 궤변적이지만 고상한 파일로 밴스를 단편에 등장시키는 의무를 다하지 않은 것도 유감스럽게 생각할 것이다. 피비 애트우드 테일러의 케이프 코드 셜록 홈즈인 애시 메이오 역시 아직 단편에 등장하지 않았다. 얼 스탠리 가드너의 현란한 페리 메이슨, 렉스 스타우트의 난초를 좋아하는 엄숙한 탐정 네로 울프 역시 그렇다. 그러나 이 세 탐정은 중편 분량으로 잡지와 책에 등장하길 즐겼다. 대실 해밋의 재치가 넘치는 닉과 노라 찰스, 프랜시스와 리처드 로크리지 부부의 유쾌한 참견꾼 노스 부부, 바너비 로스의 셰익스피어 연극배우 드루리

레인, 헬렌 라일리의 현실감 넘치는 경위 맥키 그리고 J. P. 마퀀드의 사악한 일본인 탐정 미스터 모토 등을 포함하여 그 밖의 '놓친 탐정'들이 여전히 단편에서 활약하길 기다리고 있다. 단편 탐정소설 창작을 시도하지 않은 이 모든 작가들이 미국인이라는 것을 주목하자. 현대 영국과 프랑스 작가들은 여전히 단편 형식을 좋아한다. 디킨스에서 최근의 '거장'에 이르기까지 모든 위대한 영국 범죄소설 작가들을 위시하여 가보리오에서 심농에 이르는 모든 위대한 프랑스 고전주의자들은 형식과 기법 모두를 발명한 미국의 천재 동포들보다 더욱 헌신적으로 단편 탐정소설의 전통을 이어 왔다.

아무런 논평 없이 간과되어서는 안 될 근대와 현대의 탐정들이 있다. 이들은 몇 편의 단편에 이름을 올렸지만 단행본으로 출간하기에는 부족하다. 그 목록은 눈부시다. 존 로드의 프리스틀리, 앤서니 애벗의 대처 콜트, 로널드 A. 녹스의 마일스 브레든, 앤서니 버클리의 로저 셰링엄, 데이비드 프롬의 미스터 핑커튼, 크레이그 라이스의 존 J. 멀론, 에릭 앰블러의 얀 치사르 박사, 마이클 알렌의 게이 팰컨, 클레이턴 로슨의 그레이트 멀리니, 시릴 맥닐(새퍼)의 불도그 드러먼드, 매닝 콜스의 토미 햄블던, 필립 맥도널드의 앤서니 게스린 대령, 헬렌 맥클로이의 배질 윌링, 브렛 헐리데이의 마이클 셰인, 나이오 마시의 로더릭 앨린 경위, 니콜라스 블레이크의 나이절 스트레인지웨이스, 마이클 이네스의 존 애플비 경위 그리고 휴 펜티코스트의 존 스미스 박사. 클로스 장정 단편집으로 영구히 보존될 만한 자격이 있는 두 명탐정은 Q. 패트릭의 대학 출신 경찰 티머시 트랜트와 앤서니 바우처의 알코올 중독자 탐정 닉 노블이다.

이와 같이 탐정, 범죄, 미스터리 단편의 역사와 성경으로부터 1950년까지 가장 중요한 책 106권을 알아보았다.

탐정 · 범죄 단편 소설의 미래는 참으로 밝다. 1941년부터 1950년까지의 르네상스기 십 년은 이례적일 만큼 양질의 중요한 책 열한 권을 낳았다. 앞으로 올 십 년은 포와 포스트의 위엄과 도일과 체스터튼의 영광을 영속화할 새로운 황금기를 약속하며, 더욱 풍성한 수확을 거둘 것이다. 태초에 포가 했던 말을 기억하라. 포가 탐정소설이 생겨라 했더니 그렇게 되었다. 그리고 포가 자신의 심상으로 탐정소설을 창조하고 자신이 창조한 모든 것을 바라보았을 때, 포가 보기에 좋았다. 그리고 그는 애초에 단편 형식에 탐정을 보냈고, 그리고 그 형식은 영원히 진정한 형식으로 남을 것이다. 아멘.

† 퀸의 정예 전체 목록 †

가장 중요한 125편의 탐정, 범죄, 미스터리 단편집

1. 에드거 앨런 포 『이야기들』 1845
2. '워터스' 『수사관 회고록』 1856
3. 윌키 콜린스 『하트 퀸』 1859
4. 찰스 디킨스 『추적』 1860
5. 작자 미상 『어느 숙녀 탐정의 경험』 1861
6. 토머스 베일리 앨드리치 『정신 나간 남자』 1862
7. 마크 트웨인 『뛰뛰는 개구리』 1867
8. 에밀 가보리오 『바티뇰의 작고 늙은 남자』 1876
9. 제임스 맥고번 『궁지에 몰리다』 1878
10. 『디텍티브 스케치』(뉴욕 디텍티브) 1881
11. 로버트 루이스 스티븐슨 『신 아라비안나이트』 1882
12. 프랭크 R. 스톡턴 『여자인가, 호랑이인가?』 1884
13. 이든 필포츠 『플라잉 스코츠먼호에서의 나의 모험』 1888
14. 딕 도너번 『사냥꾼』 1888
15. 이스라엘 쟁월 『빅 보우 미스터리』 1892
16. 코난 도일 『셜록 홈즈의 모험』 1892

17. L. T. 미드 & 클리퍼드 핼리팩스 『어떤 의사의 일기에 쓰여 있는 이야기들』 1894

18. 아서 모리슨 『조사원 마틴 휴잇』 1894

19. M. P. 실 『잘레스키 왕자』 1895

20. 멜빌 데이비슨 포스트 『랜돌프 메이슨의 이상한 계획들』 1896

21. 그랜트 앨런 『아프리카인 백만장자』 1897

22. 조지 R. 심스 『탐정 도커스 딘』 1897

23. M. 맥도넬 보드킨 『주먹구구 탐정 폴 벡』 1898

24. 로드리게스 오톨렝귀 『결정적 증거』 1898

25. 니콜라스 카터 『탐정의 예쁜 이웃』 1899

26. E. W. 호넝 『아마추어 강도』 1899

27. L. T. 미드 & 로버트 유스터스 『일곱 왕의 형제애』 1899

28. 허버트 카뎃 『어느 저널리스트의 모험』 1900

29. 리처드 하딩 데이비스 『안개 속에서』 1901

30. 클리퍼드 애시다운 『롬니 프링글의 모험』 1902

31. 브렛 하트 『요약 소설』 1902

32. 퍼시벌 폴라드 『링고 댄』 1903

33. B. 플레처 로빈슨 『애딩턴 피스 연대기』 1905

34. 아놀드 베넷 『도시 약탈』 1905

35. 로버트 바 『위풍당당 명탐정 외젠 발몽』 1906

36. 앨프리드 헨리 루이스 『탐정의 고백』 1906

37. 모리스 르블랑 『괴도 신사 아르센 뤼팽』 1907

38. 잭 푸트렐 『사고 기계』 1907

39. 조지 랜돌프 체스터 『일확천금을 노리는 월링포드』 1908

40. O. 헨리 『점잖은 일꾼』 1908

41. 오르치 남작부인 『구석의 노인 사건집』 1909

42. R. 오스틴 프리먼 『존 손다이크의 사건』 1909

43. J. S. 플레처 『아처 도의 모험』 1909

44. 발두인 그롤러 『탐정 다고베르트의 행위와 모험』

45. T. W. 핸슈 『마흔 가지 얼굴을 가진 남자』 1910

46. 윌리엄 맥하그 & 에드윈 발머 『루서 트랜트의 업적』 1910

47. G. K. 체스터튼 『브라운 신부의 동심』 1911

48. 새뮤얼 홉킨스 애덤스 『평범한 존스』 1911

49. 아서 B. 리브 『조용한 총알』 1912

50. [질렛 버지스] 『미스터리의 대가』 1912

51. 빅터 L. 화이트처치 『스릴 넘치는 철도 이야기』 1912

52. R. 오스틴 프리먼 『노래하는 백골』 1912

53. 윌리엄 호프 호지슨 『유령 사냥꾼 카나키』 1913

54. 애나 캐서린 그린 『미스터리의 걸작들』 1913

55. 헤스케스 프리처드 『노벰버 조』 1913

56. 어니스트 브라마 『맹인 탐정 맥스 캐러도스』 1914

57. 아서 셔번 하디 『다이앤과 친구들』 1914'

58. 토머스 버크 『라임하우스의 밤』 1916

59. A. E. W. 메이슨 『세상의 구석구석』 1917

60. 멜빌 데이비슨 포스트 『엉클 애브너의 지혜』 1918

61. 엘리스 파커 버틀러 『파일로 검』 1918

62. 존 러셀 『붉은 자국』 1919

63. 윌리엄 르 큐 『대도시의 수수께끼』 1920

64. 색스 로머 『꿈꾸는 탐정』 1920

65. J. 스토리 클라우스턴 『캐링턴 사건집』 1920

66. 빈센트 스타렛 『특별한 햄릿』 1920

67. 아서 트레인 『투트와 투트 씨』 1920

68. H. C. 베일리 『포춘을 불러라』 1920

69. 모리스 르블랑 『여덟 번의 시계 종소리』 1922

70. 옥타버스 로이 코언 『탐정 짐 핸비』 1923

71. 애거서 크리스티 『푸아로 사건집』 1924

72. 에드거 월리스 『J. G. 리더 씨의 마음』 1925

73. 루이스 골딩 『카탄차로의 루이지』 1926

73a. 루이스 골딩 『담청색 나이트가운』 1936

74. 앤서니 윈 『죄인들은 은밀히 행동한다』 1927

75. 수전 글래스펠 『우정의 판결』 1927

76. 도로시 L. 세이어스 『피터 경 시체를 조사하다』 1928

77. G. D. H. 콜 & M. I. 콜 『윌슨 경정의 휴일』 1928

78. W. 서머싯 몸 『어센덴』 1928

79. 퍼시벌 와일드 『클로버의 악당들』 1929

80. T. S. 스트리블링 『카리브 제도의 단서들』 1929

81. 하비 J. 오히긴스 『더프 탐정 사건을 해결하다』 1929

82. 프레더릭 어빙 앤더슨 『살인의 책』 1930

83. F. 테니슨 제시 『솔랑주 이야기』 1931

84. 데이먼 러니언 『아가씨와 건달들』 1931

85. 조르주 심농 『열세 명의 피고』 1932

86. 레슬리 차터리스 『쾌활한 약탈자』 1933

87. 헨리 웨이드 『경찰 구역』 1933

88. 미뇬 G. 에버하트 『수전 데어의 사건들』 1934

89. 어빈 S. 코브 『믿음, 희망 그리고 관용』 1934

90. 엘러리 퀸 『엘러리 퀸의 모험』 1934

91. C. 데일리 킹 『호기심 많은 태런트 씨』 1935

92. 마저리 앨링엄 『캠피언 씨와 그 밖의 사람들』 1939

93. E. C. 벤틀리 『트렌트 개입하다』 1938

94. 카터 딕슨 『기묘한 사건 사고 전담반』 1940

95. 윌리엄 맥하그 『오맬리 사건집』 1940

96. H. 부스토스 도메크 『이시드로 파로디의 여섯 가지 사건』 1942

97. 윌리엄 아이리시 『만찬 후의 이야기』 1944

98. 대실 해밋 『샘 스페이드의 모험』 1944

99. 레이먼드 챈들러 『다섯 명의 살인자』 1944

100. 릴리언 드 라 토레 『탐정 샘 존슨 박사』 1946

101. 라파엘 사바티니 『거친 이야기들』 1946

102. 안토니오 엘루 『살인 충동』 1946

103. 스튜어트 파머 『힐데가드 위더스의 수수께끼』 1947

104. 로이 비커스 『미궁과 사건부』 1947

105. 윌리엄 포크너 『기사의 첫 수』 1949

106. 로런스 G. 블록맨 『신단: 살인』 1950

107. 존 콜리어 『환상과 굿나잇』 1951

108. 필립 맥도널드 『숨겨야 할 것』 1952

109. 로드 던세이니 『스미더스의 사소한 이야기들』 1952

110. 에드먼드 크리스핀 『기차 조심』 1953

111. 로알드 달 『당신을 닮은 사람』 1953

112. 마이클 이네스 『애플비 말하다』 1954

113. 스탠리 엘린 『특별 요리』 1956

114. 에번 헌터 『정글 키즈』 1956

115. 샬럿 암스트롱 『걸림돌』 1957

116. 크레이그 라이스 『이름은 멀론』 1958

117. 루퍼스 킹 『이상한 나라의 악의』 1958

118. 조르주 심농 『매그레 반장의 간단한 사건들』 1959

119. 패트릭 쿠엔틴 『스노 부인의 시련』 1961

120. 스튜어트 파머 & 크레이그 라이스 『사람들 대 위더스와 멀론』 1963

121. 헬렌 맥클로이 『깜짝 놀랄 일』 1965

122. 로버트 L. 피시 『대단한 실록 홈즈』 1966

123. 미리엄 앨런 드포드 『주제는 살인』 1967

124. 마이클 길버트 『법칙 없는 게임』 1967

125. 해리 케멜먼 『9마일은 너무 멀다』 1967

1967년까지의 증보

X 르네상스와 현대

1951년에는 반론의 여지가 없는 초석이 배출되었다.

107. 환상과 굿나잇Fancies and Goodnights

존 콜리어, 뉴욕 가든 시티: 더블데이(1951)

『환상과 굿나잇』에 실린 범죄 이야기 대부분이 존 콜리어의 이전 단편집 『마녀의 돈』(뉴욕: 바이킹 프레스, 1940, 저자 사인이 든 350부 한정판), 『달빛 선물』(뉴욕: 바이킹 프레스, 1941; 런던: 맥밀런, 1941) 그리고 『육두구 약간과 더욱 있을 것 같지 않은 이야기들』(뉴욕: 리더스 클럽, 1943)에 수록된 것이라는 서지기록을 유념해야 한다.

존 콜리어는 종종 '무릇 간결함은 기지機智의 본질이다'라는 셰익스피어 시대의 속담을 작품 속에서 보여 준다. 그러나 그는 그 기지에 아이러니와 톡 쏘는 맛 그리고 특별한 무언가를 더했다. 등장인물의 성격 묘사가 너무나 예리해서 마치 책을 읽는 동안 자신이 엿보고 엿듣는 중이었다는 생각을 불현듯 들게 할 만큼 독자를 불편하게 만든다.

1952년에는 두 권의 초석이 더해졌다.

108. 숨겨야 할 것Something to Hide

필립 맥도널드, 뉴욕 가든 시티: 더블데이(1952)

그 첫 번째는 앤서니 게스린 대령의 창조자이며, 『줄』(1924)과 『X에 대한 체포 영장』(영국판 제목은 『사라진 보모』이며, 1938년에 미국과 영국에서 동시에 출간되었다) 같은 고전 미스터리 소설을 쓴 작가의 『숨겨야 할 것』이다. 이 책은 영국에서 『공포의 손가락』(런던: 콜린스, 1953)이라는 제목으로 출간되었다. 필립 맥도널드가 쓴 또 다른 두 작품 『비를 피하는 남자와 그 밖의 이야기들』(뉴욕 가든 시티: 더블데이, 1955)과 『죽음과 교묘한 속임수』(뉴욕 가든 시티: 더블데이, 1962)는 팬과 마니아 모두에게 흥미로울 작품임이 틀림없다. 필립 맥도널드의 이야기들은 외견상 조용하고 차분하지만 그 절제된 표현에는 섬뜩한 암시가 들어 있으며, 종종 '정상과 비정상이 충돌하는 그 이야기들은 색다른 주제'를 탐구한다.

1952년의 두 번째 초석은 동시대에서 가장 유명한 작가 중 한 명의 작품으로, 아일랜드의 극작가이자 시인이며 단편 작가인 로드 던세이니의 단편집이었다.

109. 스미더스의 사소한 이야기들The Little Tales of Smethers

로드 던세이니, 런던: 재럴즈(1952)

『스미더스의 사소한 이야기들』을 명백한 초석으로서 추천하게 되어 영광이다.

이 단편집은 무려 범죄와 추리에 관한 스물여섯 가지의 이야기가 수록된 보물 상자로 모든 단편에서 던세이니의 매력과 기지, 그리고 그의 스타일이 잘 드러나 있다. (작가의 다른 책에 포함되어 있던) 누구도 부인할 수 없는 모던 클래식 「두 병의 소스」를 포함하여 처음 아홉 편에서는 린리 탐정이 등장한다.

1952년과 마찬가지로 1953년에도 초석 두 권이 출간되었다.

110. 기차 조심Beware of the Trains

에드먼드 크리스핀, 런던: 빅터 골란츠(1953)

그 첫 번째는 학식 높은 저비스 펜 탐정의 창조자이며, 『헤이크래프트-퀸 선정 최종 도서』에 선정된『사라진 장난감 가게』(1946)와『사랑은 흐르는 피를 타고』(1948)의 작가의『기차 조심』이다. 이 책이 미국(뉴욕: 워커, 1962)에서 출간되는 데 구 년이 걸렸다. 앤서니 바우처의 말을 인용하자면 이 단편집에 실린 열여섯 편의 단편들은 '페어플레이 트릭의 모델'이다.

1953년에 출간된 두 번째 초석은 기 드 모파상, 사키, 링 라드너1885~1933. 미국의 풍자 작가, 포, O. 헨리, 앰브로즈 비어스, 존 콜리어, 로드 던세이니, 그리고 W. 서머싯 몸 같은 저명한 문학가와 비교되어 온 성공적인 작가의 작품이다.

111. 당신을 닮은 사람Someone Like You

로알드 달, 뉴욕: 앨프리드 A. 크노프(1953)

『당신을 닮은 사람』이 초석의 지위에 오르는 데 반대할 독자는 없을 것이다.

특히 로알드 달에 존 콜리어를 비교하는 것은 적절하다고 하겠다. 두 사람 모두 '있을 것 같지 않고, 있을 수 없으며, 충격적인' 이야기들을 다루고 있고, 두 사람 모두 '교묘한 화법, 강력한 상상력, 적확한 산문체'를 구사한다. 그리고 '완벽한 단편 작가'로 불려 온 로알드 달의 보다 교양이 풍부한 단편집『키스 키스』(뉴욕: 앨프리드 A. 크노프, 1960)를 놓쳐서는 안 될 것이다.

1954년에는, 그전까지 '퀸의 정예'에는 이름을 올리지 못했지만 비평가들 모두가 칭찬한 책을 쓴 작가의 단편집 한 권만이 초석에 올랐다.

112. 애플비 말하다Appleby Talking

마이클 이네스, 런던: 빅터 골란츠(1954)

그 작품은 『조물주를 위한 비가悲歌』(1938)의 작가이자 애플비 경위의 창조자가 쓴 『애플비 말하다』였다. 스물세 편의 단편이 수록된 이 책은 미국에서 『죽은 자의 신발』(뉴욕: 도드, 미드, 1954)이라는 제목으로 출간되었다. 이 년 후 열여덟 편의 단편이 수록된 『애플비 다시 말하다』(런던: 빅터 골란츠, 1956)가 출간되었다.

1954년에 존 딕슨 카는 마르키스 대령, 애덤 벨 수사관, 헨리 메리베일 경(HM), 기디언 펠 박사, 새디어스 펄리가 등장하는 중요한 단편집 『제3의 총탄과 그 밖의 이야기들The Third Bullet and Other Stories』(뉴욕: 하퍼, 1954)을 출간했다. 이 단편집에는 《엘러리 퀸 미스터리 매거진》이 주최한 제5회 단편 추리소설 콘테스트(1949)에서 1등상을 차지한 「파리에서 온 남자The Gentleman from Paris」가 실려 있다. 구 년 후 기디언 펠 박사와 헨리 메리베일 경이 등장하는 단편뿐 아니라 마치 대령(기묘한 사건 사고 전담반의)이 등장하는 단편과, 추가로 비밀첩보 이야기가 두 편 수록된 최상급 단편집이 선을 보였다. 『기적을 설명한 남자들』(뉴욕: 하퍼 앤드 로, 1963)에 수록된 작품들로 작가의 기량이 최고조에 이른 일급 단편들이다.

'퀸의 정예'에 이미 이름을 올린 다른 작가들 또한 작품들을 내놓았다. 엘러리 퀸은 세 타이틀 『범죄 달력』(보스턴: 리틀, 브라운, 1955)과 지금은 Q.B.I.로 더 잘 알려진 『퀸 수사국Queen's Bureau of Investigation』(보스턴: 리틀, 브라운, 1955)과 출간 예정이 잡힌 『퀸의 탐정 실험Queen's Experiments in Detection(Q.E.D.)』(뉴욕: 월드와 제휴한 뉴아메리칸 라이브러리, 1968)을 추가했다.

로이 비커스는 『교외에서의 여덟 건의 살인』(런던: 허버트 젱킨스, 1954)과 표제작으로 제9회 《엘러리 퀸 미스터리 매거진》 국제 단편 콘테스트에서 1등상을 수상한 『이중상二重像과 그 밖의 이야기』(런던: 허버트 젱킨스, 1955)와 『일곱 번의 살인 선택』(런던: 페이버 앤드 페이버, 1959)으로 작품 영역을 넓혔다.

비커스 씨의 불요불굴하고, 코끼리처럼 모든 것을 기억하며, 절대 굽힐 줄 모르는 미궁과에 관한 '도서' 추리 이야기는 사실적이며, 불신을 제어하는 이야기다. 아니면 보다 엄밀하게 말해 '믿음을 확장'시키는 이야기다.

릴리언 드 라 토레는 『샘: 존슨 박사의 수사』(뉴욕 가든 시티: 더블데이, 1960)로 18세기 탐정의 '전기'를 이어 나갔다. 위대한 문학의 대가이자 플리트 가의 현자는 홈즈를 사랑한 왓슨 역할을 여전히 하고 있는 보즈웰과 함께 '당대 최고의 위인'으로서의 면모를 보여 준 첫 단편집에서 그랬던 것처럼 눈부실 만큼 엄청난 학식을 사용한다.

『신Thin이라는 이름의 남자와 그 밖의 이야기들』(뉴욕: 머큐리 프레스, 1962, 원래 계획보다 십 년이나 늦게 출간되었다!)이 대실 해밋의 작품들에 유작으로 더해졌다. 중편과 단편을 모두 모아 편집한 해밋의 이 아홉 번째 작품에는 엘러리 퀸의 서문과 해설이 실려 있다. 이 책에는 위대한 남자의 영향력과 정력이 유감없이 드러나 있다. 해밋의 이야기들은 '노병'이다. 그 이야기들은 죽지 않는다. 사라지지도 않는다.

레이먼드 챈들러 역시 유작이 출간되었다. 필립 더럼이 서문을 쓴 『빗속의 살인자』(보스턴: 호튼 미플린, 1964)에 챈들러의 중요한 작품들이 더해졌다.

뉴욕 시 수석 검시관 밀턴 헬펀의 서문이 든 로렌스 G. 블록맨의 '두 번째 사건집' 『커피 박사의 단서』(필라델피아: J. B. 리핀코트, 1964)가 출간되었다. 손다이크 박사의 방법을 현시대에서 가장 멋지게 구현해 냈다!

그리고 코넬 울리치는 엘러리 퀸의 서문이 실린, 그의 대표 단편집 『코넬 울리치의 열 가지 얼굴』(뉴욕: 사이먼 앤드 슈스터, 1965)을 발표하였다. 현대 추리소설의 거의 모든 유형에 고도의 기교를 보이는 울리치-아이리시는 쫓는 자와 쫓기는 자(그리고 저주받은 자)에 대한 이야기, 허를 찌르는 창의성이 돋보이는 이야기, 심리 스릴러, 날카로운 서스펜스를 담은 이야기, 공포가 가미된 이야기, 생생한 경찰 이야기에도 똑같이 능수능란하다. 간단히 말해, 울리치-아이리시는 후더닛, 하우더닛, 와이더닛의 전문가다. 이 단편집에는 제13회 《엘러리 퀸 미스터리 매거진》 주최 국제 콘테스트(1961)에서 1등상을 받은 「한 방울의 피One Drop of Blood」가 수록되어 있다.

이제 이큐로놀로지EQhronology(앤서니 바우처가 만든 신조어) 《엘러리 퀸 미스터리 매거진(EQMM)》과 연대기(chronology)을 합성한 말이다로 돌아가 보자.

1955년은 탐정—범죄 단편소설이 쉬어 가는 해였지만 1956년은 우리에게 두 권의 초석을 안겨 주었다.

113. 특별 요리Mystery Stories

스탠리 엘린, 뉴욕: 사이먼 앤드 슈스터(1956)

그 첫 번째는 오랜 세월에 걸쳐 탄생된 가장 중요한 단편집들 중 하나로 의심할 여지 없이 영구히 기억될 고전이다. 스탠리 엘린의 단편들은 '전문가들에게 있어서'(크리스토퍼 몰리1890~1957. 미국의 저널리스트, 소설가, 에세이스트, 시인) '절묘한 걸작'(앤서니 바우처)으로 칭송받아 왔다. 그의 단편들은 많은 상을 수상했다. 누구나 현대에 출간된 최고의 데뷔 미스터리 단편이라고 생각하는 「특별 요리The Specialty of the House」는 특별상을 받았고, 「결단의 순간The Moment of Decision」은 제10회 《엘러리 퀸 미스터리 매거진》 국제 콘테스트(1954)에서 1등상을 받았다. 그리고 1954년과 1956년에 엘린 씨는 누구나 받길 갈망하는 미국 추리 작가 협회 주최 에드거 상 단편 부문의 상을 수상했다. 그의 단편들은 수도 없이 TV 드라마로 각색되었고, 몇몇 단편들은 영화화되었으며, 거의 모든 단편들이 당대 어느 추리 작가의 단편들보다 더 자주 선집에 포함되었을 것이다.

우리가 앞서 언급했듯 엘린 씨의 이야기들은 견고하고 실체—문체의 견고함과 질감 그리고 플롯에 있어서의 실체와 상상력—가 있다. 원숙함, 줄지 않는 열정, 믿기 어려울 정도의 성실성, 단편에 대한 헌신, 삶의 '특별'한 순간뿐 아니라 우리를 둘러싼 '질서 정연한 세계' 속에 도사린 공포에 대한 민감함 등 이 모든 것을 통해 스탠리 엘린의 작가로서의 위상은 성장해 왔고, 거듭하여 새로운 색깔을 번득였다. 의심할 여지 없이 그의 이후 작품들은 등장인물들에 대해, 그리고 현대 삶에 있어서 예상 가능한 비극을 향해 다가가는 사건들에 대해 보다 미묘한 뉘앙스를 표출함으로써 보다 큰 의미를 띠고 더 큰 문제들에 천착한다는 것을 보여 준다. 이러한 이후 단편들이 스탠리 엘린의 눈부신 단편집『블레싱튼 계획과 그 밖의 이야기들』(뉴욕: 랜덤 하우스, 1964)에 수록되어 있다.

같은 해인 1956년에 '퀸의 정예'의 목록에 오를 만한 자격이 있는 오리지널 페이퍼백보통 하드커버 출간 이후 페이퍼백이 출간되는 경우가 아닌 페이퍼백으로 먼저 출간되는 것이 출간되었다. 전해에 영화, 잡지, 책으로 성공을 거둔『블랙보드 정글』을 쓴 작가의 단편집으로 이 책에 수록된 단편들은 베스트셀러 소설『블랙보드 정글』에서 다루었던 주제들에 대해 이야기한다. (에드 맥베인이라는 필명으로 87분서 시리즈를 쓰는) 작가 에번 헌터는 십대들 사이에 만연한 폭력과 범죄에 대해 저항할 수 없는 매력에 가장 먼저 눈뜬 작가 중 한 명으로 그러한 소재들을 독창적으로 사용하였다. 갱의 패싸움, 임신한 소녀들, 비행 청소년들의 러시안 룰렛 게임, 마약 중독, 강도, 성범죄 등에 관한 그의 이야기는 도시의 거리, 공원, 빈민가, 아파트 지하실, 골목 그리고 옥상이라는 '현대 정글 속 삶의 비극적이고도 섬뜩한 각 에피소드의 제목 뒤에 감춰진 이야기들'이다.

114. 정글 키즈The Jungle Kids

에번 헌터, 뉴욕: 포켓북스(1956)

피로 얼룩진 그 책이 바로『정글 키즈』이다. 사 년 후 이 단편집의 열두 편 가운데 여섯 편과 또 다른 아홉 편이 실린『마지막 질주와 그 밖의 이야기들』(런던: 컨스터블, 1960)이 출간되었다.

1957년에는 샬럿 암스트롱의—중편 한 편과 양질의 단편 아홉 편이 수록된—단편집이 출간되었다. 대부분의 평론가들은 샬럿 암스트롱을 '서스펜스 분야의 거장'이라고 평했고, 대부분의 독자들은 그 평에 동의한다.

115. 걸림돌The Albatross

샬럿 암스트롱, 뉴욕: 카워드—매컨(1957)

그녀의 첫 단편집인『걸림돌』은 그녀를 이 장르에서 최고라고 확인시켜 준 진짜 최상의 작품이다. 제6회《엘러리 퀸 미스터리 매거진》국제 콘테스트(1950)에서 1등상을 차지한「적敵」을 포함한 모든 단편이 인간의 조건에 대한 샬럿 암스트롱의 깊은 연민—아니, 공감—을 나타낸다.

1958년에 또 한 권의 오리지널 페이퍼백이 '퀸의 정예'에 선택을 받았다.

116. 이름은 멀론The Name is Malone

크레이그 라이스, 뉴욕: 피라미드(1958)

놀기 좋아하는 형사 사건 전문 변호사 존 J. 멀론은 와인, 여자, 노래를 추종하고, 열정적으로 도박을 사랑하며, 정의에 반하는 위험에 마지못해 직면하지만 가끔은 이상적인 활약을 한다.

또한 1958년에는 루퍼스 킹의 플로리다 주 핼시온을 무대로 한 단편집이 출간되었다.

117. 이상한 나라의 악의Malice in Wonderworld

루퍼스 킹, 뉴욕 가든 시티: 더블데이(1958)

현지인과 관광객, 탐욕스러운 상속자들과 은퇴한 갱들(생사와 상관없이)이 교착하는 마이애미 해변과 포트로더데일 사이의, 네온으로 빛나는 번화가 골드코스트가 『이상한 나라의 악의』에서 악의로 가득 차 있다고 해도 좋을 만큼 자극적으로 묘사된다. 루퍼스 킹의 다음 두 단편집으로는 『살인을 향한 발걸음』(뉴욕 가든 시티: 더블데이, 1960)과 『위험한 얼굴들』(뉴욕 가든 시티: 더블데이, 1964)이 있으며, 『위험한 얼굴들』에는 보안관 스터프 드리스컬이 등장한다.

118. 매그레 반장의 간단한 사건들The Short Cases of Inspector Maigret

조르주 심농, 뉴욕 가든 시티: 더블데이(1959)

미국에서 출간된 매그레 반장의 첫 중단편집은 『매그레 반장의 간단한 사건들』로, 앤서니 바우처가 서문을 썼다. 예순 편 이상의 장편소설에 등장하는 프랑스 중산층 탐정 영웅(한때 프랑스의 영웅[1]이었던 도둑 신사 아르센 뤼팽의 인기에 못지않은) 매그레는 냄새를 맡은 사냥개처럼 까다롭기도 하며 센 강변의 선술집 개처럼 인내심이 강하기도 하지만 냉정해 보이는 외견과, 끊임없이 뻐끔거리는 파이프 담배의 담배 연기 이면에는 기민하고 예민하며 주의 깊고 경험 많은, 파리만큼이나 넓은 마음을 가진 코미세르경찰서장 급의 경찰. 주임 수사관(inspecteur)보다 높은 계급의 모습이 있다. L'homme Formidable(대단한 남자이다)…….

1951년에서 1960년까지의 십 년간, 열두 권의 중요한 책이 배출되었다. 양의 십 년이 아닌, 확실한 양질의 십 년이었다. 그리고 아마도 아직 최고의 작품은 나오지 않았다…….

1 프랑스의 최근 영웅은 프레데리크 다르가 지난 십오 년 동안 쓴 백 편 이상의 작품에서 주인공으로 등장하는 상 앙토니오라는 이름의 경찰이라고 한다. 영화로 스무 편이 넘게 제작되며 높아진 상 앙토니오의 인기는, 듣자 하니 매그레와 제임스 본드의 인기를 넘어선 것 같다. 우리가 아는 한, 이 새로운 영웅이 등장하는 단편은 없다.

XI 르네상스와 현대 이후

(패트릭 쿠엔틴, 스튜어트 파머, 크레이그 라이스, 헬렌 맥클로이, 로버트 L. 피시, 미리엄 앨런 드포드, 마이클 길버트, 해리 케멜먼 그리고 그 외)

다가오는 여섯 번째 십 년의 시작에 앞서 두 명의 유명한 작가가 한때 인기 있었던 '펄프 액션'의 좋은 예가 담긴 책을 출간했다. 매킨리 캔터의 『그것은 범죄』(뉴욕: 뉴아메리칸 라이브러리, 1960)에 수록된 대부분의 단편은 작가가 문학적 성공의 '발판으로 삼고 목적을 달성하기 위한 수단으로써' 쓴, 1930년대에 유행했던 이야기들로 구성된, 향수를 불러일으키는 작품이었다.

프레드릭 브라운의 『털이 텁수룩한 개와 그 밖의 이야기』(뉴욕: E. P. 더턴, 1963)는 1940년대에 '펄프' 매거진에 실렸던 이야기들이었다. 그러나 더욱 흥미 있고, 특히 기술적으로 뛰어난 작품은 그보다 먼저 발표된 작품 『악몽과 지젠스택스』(뉴욕: 밴텀, 1961)로 무려 마흔일곱 편의 단편이 수록된 오리지널 페이퍼백이다. 대부분이 판타지지만 그중 여덟 편은 범죄, 공포, 미스터리 장르로, 팽팽한 긴장감이 넘치는 빼어난 단편들이다.

십 년 주기가 끝나 갈 때 출간되었던 또 다른 책을 간과해서는 안 된다. 『어제를 위해 마신다』(1940)와 『내일을 위한 건배』(1941)에서 명성을 얻은, 토머스 엘핀스톤(토미) 햄블던이 등장하는 매닝 콜스의 『말할 게 없다Nothing to Declare』(뉴욕 가든 시티: 더블데이, 1960)이다. 낙관적인 토미가 참신한 유머 감각이 있는 밀수업자를 좌절시킨다.

1960년에 출간된 또 다른 책으로 빼놓을 수 없는 책이 있다. 엘러리 퀸이 서문을 쓴 시어도어 매시슨의 『위대한 탐정들』(뉴욕: 사이먼 앤드 슈스터, 1960)이다. 이 책은 대담한 야심작으로 과거의 유명 인물들이 그들의 경력에 있어서 결정적인 순간에 탐정으로서 활약한 내용을 담은 단편집이다. 알렉산더 대왕, 오마르 하이얌1048~1131. 페르시아의 수학자, 천문학자, 시인, 레오나르도 다빈치, 드 세르반테스, 대니얼 분1734~1820. 미국의 개척자, 탐험가, 플로렌스 나이팅게일 등 위대한 '탐정' 열 명에 대한 이야기가 실려 있다.

열일곱 편이 수록된 로버트 블로흐의 대표적인 단편집에 실린 모든 이야기들은 마녀의 가마솥에서 끓여 낸 것이라고 보증할 수 있다. 당신은 모순된 유머에서부터 놀랄 만한 섬뜩함까지 모두 볼 수 있는 로버트 블로흐의 『차갑게 흐르는 피』(뉴욕: 사이먼 앤드 슈스터, 1961)에서 살인, 미스터리 그리고 마술을 발견할 수 있을 것이다.

퀸의 정예에 다음 작품이 편입되기까지는 오랜 시간이 걸렸다. 《뉴욕 타임스》가 이런 질문을 한 적 있다. "그나저나 언제 좋은 눈을 가진 어떤 출판사가 벌써 출간됐어야 할 패트릭 쿠엔틴의 뛰어난 단편들을 모아 단편집을 낼 것인가?" 마침내 좋은 눈을 가진 두 출판사가 나타났다.

119. 스노 부인의 시련The Ordeal of Mrs. Snow

패트릭 쿠엔틴, 런던: 빅터 골란츠(1961)

처음에는 영국에서, 그다음 해에는 미국(뉴욕: 랜덤 하우스, 1962)에서 같은 제목으로 출간되었다.

이 단편집은 '이채롭고 미묘한 효과를 낼 줄 아는 거장'이 쓴 최상의 컬렉션이다. 이 책의 심상치 않은 특색 중 하나는 어린 살인자들에게 주안점을 두었다는 것인데, 일반적이라면 금기시될 주제이지만 패트릭 쿠엔틴은 등골이 오싹해지는 재간을 발휘한다.

1961년에 출간된 또 다른 책으로 놓쳐서는 안 될 오리지널 페이퍼백이 있다. 사립탐정 프랜시스 퀼스가 등장하는 줄리언 시먼스의 첫 단편집 『살인! 살인!』(런던: 콜린스, 폰타나 북스, 1961)이다. 프랜시스 퀼스의 활약이 담긴 두 번째 단편집 『프랜시스 퀼스 조사하다』(런던: 팬서, 1965) 또한 오리지널 페이퍼백으로 사 년 뒤에 출간되었다. 패트릭 쿠엔틴을 위한《뉴욕 타임스》의 애원에 응답이 있었던 것처럼, 언제 좋은 눈을 가진 어떤 출판사가 벌써 출간됐어야 할 줄리언 시먼스의 '범죄에 관한 진지한 연구서『블러디 머더(Bloody Murder)』(김명남 역, 을유문화사, 2012)를 뜻하는 것으로 원서는 1971년에 출간되었다'를 낼 것인가? 이러한 날카롭고 현실적인 단편들이 이 분야에 있어서 시먼스 씨의 가장 훌륭한 작품을 대표한다.

120. 사람들 대 위더스와 멀론People VS. Withers & Malone

스튜어트 파머 & 크레이그 라이스, 뉴욕: 사이먼 앤드 슈스터(1963)

1962년에 단편 추리소설은 안식년을 맞이했지만 다음 해에는 두 명의 노老대가—아아, 두 사람 모두 이제 우리 곁을 떠났구나—가 『사람들 대 위더스와 멀론』을 합작하였다. 이 책에는 엘러리 퀸과 스튜어트 파머의 서문이 들어 있다. 요즘처럼 침울한 '리얼리즘'이 범람하는 시대에서 힐데가드 위더스와 존 J. 멀론이 범죄를 쫓는 파트너로 활약하는 이야기는 길고 힘든 겨울이 끝난 봄기운처럼 느껴진다. 겉으로 보기에는 꼼지락거리면서 불가능한 곤경을 요리조리 피해 가는 수완 좋은 변호사 존 J. 멀론. 그러나 고상하고 단정한 힐디는 끊임없이 술독에 빠지는 존 J. 멀론을 숙취에서 해방시킨다. 언제나 그렇듯 만연한 위험과 재미로 가득 찬 과정이 되풀이된다. 이 무분별한 두 사람의 이례적인 모험담이 계속 이어질 수만 있다면!

또다시 한 해 동안의 단편 추리소설계의 동면기를 거쳐 1965년에 퀸의 정예에 포함되기 충분한 단편집이 출간되었다. 재기 넘치는 추리 단편 다섯 편과 정신과 의사 배질 윌링 박사가 등장하는 단편 두 편이 수록된 작품이다.

121. 깜짝 놀랄 일Surprise, Surprise!

헬렌 맥클로이, 런던: 빅터 골란츠(1965)

미국판은 『노래하는 다이아몬드와 그 밖의 이야기들』(뉴욕: 도드, 미드, 1965)이라는 제목으로 같은 해 늦게 출간되었다. 미국판의 브렛 헐리데이마이클 셰인 시리즈로 유명한 작가. 헬렌 맥클로이의 남편이었으나 후에 이혼했다의 서문에는 다음과 같이 쓰여 있다. "맥클로이 씨는 독자에게 추리소설 이상의 것을 제공한다. 모든 단서가 전체적인 논리의 일부이고, 모든 미스터리의 합리적 해결이 가능하지만 맥클로이 씨는 상상력이 풍부한 독자를 위한 무언가를 더 준비해 놓았다. 각 이야기에는 묘한 요소가 포함되어 있다. 각각의 이야기에서 독자는 겉으로 드러난 사실 이면의 뭔가 있을 것 같은 숨겨진 표면 밑으로 파고든다."

다음 해에는 여태까지 쓰인 셜록 홈즈 패러디—패스티시 단편집 중 최고의 단편집이 출간되었다.

122. 대단한 실록 홈즈The Incredible Schlock Homes

로버트 L. 피시, 뉴욕: 사이먼 앤드 슈스터(1966)

앤서니 바우처는 서문에서 이 열두 편의 단편을 일컬어 "용납할 수 없을 만큼 터무니없게 재미있는" 이야기, 신성 모독적이고Blasphemous, 무엄하며Sacrilegious, 불경스러운Irreverent 패러디, "모든 홈즈 위작 중 최고"라고 평하며 셜록 홈즈 권위자와 전문가 들에게서 이 책에 대한 불만의 소리를 아직 들은 적이 없다고 말했다. 런던 221B번지 베이글 가에 거주하는 (그리고 영구히 거기서 살) 결함 있는Defective 실록 홈즈와 무능한 와트니 박사의 창조자에게 거꾸로 인쇄된 B. S. I. 칭호를 수여하는 바이다.

이렇게 해서 우리는 두 번째 증보의 마지막 해인 1967년에 이르렀다. 분명히 수확이 좋은 해이며, 이번 십 년의 마지막 해는 좋은 조짐을 보인다. 포에서 도일, 프리먼, 맥하그, 체스터튼,

포스트, 크리스티, 카, 퀸, 해밋, 비커스로 면면히 이어왔듯 르네상스기의 몇몇 작가들은 제1근대기와 제2근대기의 몇몇 작가들처럼 아직도 중요한 기여를 하고 있다.

그러나 이후 고전 미스터리 그룹을 구성할 작가들은 누구일까? 퀸의 정예에 초석으로 인정받을 제3근대가 올까?

친애하는 독자여, 앞으로 어떻게 될지 짐작할 만한 상황이 여기 있다……. 블랙 유머가 넘치고, 그로테스크하며, 코믹하게 정도를 벗어났으며, 괴상하고 기이하고, 복음주의적이고 환각적이며, 단지 우스꽝스러운 (혹은 대중에게 잘 알려지지 않았던), 이러한 첫 미스터리 단편집이 출간되었다면, 제3근대기에 출간될 작품들 또한 이러한 범주에 포함될 것이며, 탐정—범죄 단편소설이 맞을 새 시대는 활기차고 멋질 것이다. 그것이 바로 탐정단편소설이라는 장르가 어떻게 나아갈지에 대해 짐작할 만한 상황이다…….

이제 A.P.(After Poe, 포 이후) 122년인 1967년으로 돌아가자. 1967년은 범죄, 스파이, 탐정소설이라는 해트트릭을 기록한 해로, 1946년에 세 권의 단편집이 초석이라는 영예를 얻은 이후 처음으로 세 권의 단편집이 초석의 자격을 얻었다. 이 미스터리 모자이크(미스터리 장르가 한 가지 장르로 도매금 취급되는 것을 구별하자는 의미에서)에서 첫 번째 책은 반세기(그녀의 단편 중 한 편은 일찍이 1930년에 O. 헨리 기념상 단편집에 포함되었

다) 이상 책을 출간해 온 진짜 르네상스 여성 미리엄 앨런 드포드의 단편집이었다. 그녀의 관심사는 언제나 특이하고 별난 데에 있었지만 결코 피가 통하는 사람과, 현실적인 원인과 결과에서 단절되어 있지 않았다.

123. 주제는 살인The Theme Is Murder

미리엄 앨런 드포드, 뉴욕: 아벨라드 슈만(1967)

독자는 『주제는 살인』에서 흠잡을 데 없는 취향, 표현의 명료함, '인간이 살아가는 방식에 대한 특별한 통찰력', '이상심리에 대한 깊은 지식'을 인식할 수 있는 기쁨을 맛볼 수 있다.

퀸의 정예의 다음 책은, 정당하게 말해서, 여태 쓰인 스파이 이야기들 중 두 번째로 좋은 작품으로 꼽히는 작품이다—거의 예외 없이 비평가들은 W. 서머싯 몸의 『어센덴』에 그 첫 번째 자리를 주었다.

124. 법칙 없는 게임Game Without Rules

마이클 길버트, 뉴욕: 하퍼 앤드 로(1967)

몸은 근대 자연주의적 첩보 이야기의 '아버지'로 인정받고 있으며, 마이클 길버트의 『법칙 없는 게임』은 1968년 이전에는 없던 입체적이고도 순수한, 스파이와 역 스파이의 이야기를 선보였다. 이 작품은 조용하고 온화한 성품의 두 사람, 이미 은퇴를 했고 은퇴를 목전에 둔, '방첩의 쓴 세계'로 내동댕이쳐진 새뮤얼 베렌스와 대니얼 조지프 콜더 비밀 요원에 관한 "거칠고도 멋진 이야기들"(렉스 스타우트의 평)로 "기발하며, 건조한 위트가 넘치고, 연민이 느껴지는 이야기"다.

125. 9마일은 너무 멀다The Nine Mile Walk

해리 케멜먼, 뉴욕: G. P. 퍼트넘(1967)

그리고 퀸의 정예 두 번째 증보의 마지막 작품으로 우리가 선정하고 선택한 것은 니키 웰트가 등장하는 이야기 『9마일은 너무 멀다』로 단편 추리소설의 가장 순수한 형식으로 영구히 남을 작품이다. 작가는 첫 단어부터 마지막 단어까지 독자와 공정하게 겨룬다. 《엘러리 퀸 미스터리 매거진》에 첫 단편을 게재한 이래 니키 웰트가 추론하는 모든 사건은 뒤팽, 잘레스키 왕자, 구석의 노인 같은 안락의자 탐정의 전통을 계승하였고, 엄정한 논리가 바탕이 된다. (한 가지 덧붙이자면, 《뉴욕 타임스》가 궁금해한 것처럼 제임스 야페의 안락의자 탐정, 브롱크스에 사는 '어머니'가 등장하는 단편집은 언제 출간되는가?)

우리는 이 증보를 마치는 데 있어서 추리소설 작가로서가 아닌 보스턴 대학 영문과 조교수로서의 해리 케멜먼의 말을 인용하지 않을 수 없다. “나는 ‘고전 추리소설’이 중요하다고 생각한다. 고전 추리소설이 독자에게 즐거움을 주는 데 있어서 가장 적합한 현대적 문학 양식이기 때문이다. 우리는 요즘, 문학의 주된 목적이 그것이라는 사실을 잊고 있는 것 같다.”

이 장르에 사십 년 이상을 바친 후 우리가 하고자 하는 말이 그 말이다. 아멘.

엘러리 퀸

편집 노트

윌러드 헌팅턴 라이트는 문학과 그림, 예술 전반에 걸쳐 해박한 지식을 소유한 평론가였다. 《로스엔젤레스 타임즈》에서 문학 편집자로 일하기도 했다. 벌이는 신통치 않았다. 모아놓은 재산이 많은 것도 아니었다. 남들보다 더 가진 것이라곤 글 쓰는 재주뿐이었다. 어쩔 수 없이 쓰고 또 썼다. 늘 마감에 시달렸다. 집필 노동이 임계점을 넘은 어느 날 그는 신경쇠약으로 병상에 드러눕게 된다. 라이트의 작업량을 옆에서 지켜본 이라면 누구든 고개를 끄덕일 만한 결과였다. 담당의사는 '독서 금지'라는 처방을 내렸다. 다만 탐정 소설을 읽는 것은 허락했다고 한다. 어째서 탐정소설만 허락되었는지는 모르겠으나, 투병 기간 동안 라이트는 당시까지 출간된 수천 권의 탐정소설을 독파했다. "현재 살아 있는 사람 가운데 나만큼 탐정소설을 많이 읽은 사람은 없다고 해도 지나친 말이 아닐 것이다"라고 자부했을 정도다. 한편 '이렇게 형편없는 소설들이 팔리다니, 어이없다'고도 느꼈다. 그는 자신이 읽은 탐정소설이 가진 문제점들을 연구하기 시작했다. 시장에서 호평 받는 탐정소설들의 결점을 총체적으로 정리하다 보니 더 나은 작품을 쓸 수 있겠다는 자신감이 생겼다. 퇴원하고 이듬해부터 라이트는 잇따라 세 편의 탐정소설을 발표한다. 모두 베스트셀러가 됐다. 그는 일약 탐정소설계의 총아로 떠올랐다. 『그린 살인 사건』은 한 달도 채 안 되어 초판 육만 부가 전부 팔렸다. 이 작품으로 받은 인세가 십오 년에 걸쳐 원고와 기사를 쓰며 받았던 고료보다 많았다고 한다.

'S. S. 밴 다인'이라는 필명으로 더 유명한 그의 성공은 이후 여러 작가들에게 영향을 끼쳤다. 그중에는 '엘러리 퀸'이라는 필명으로 잘 알려진 프레더릭 다네이+맨프레드 리(두 사람은 사촌지간이다)도 있었다. 프레드는 말한다. "밴 다인은 우리에게 지대한 영향을 끼쳤다. 그는 돈을 정말 많이 벌었기 때문이다. 그가 했던 모든 작업들이 당시 우리에게는 매력적으로 다가왔다. 복잡하고 논리적이며, 연역적이고 거의 전반적으로 식자적인 것이었다." 프레더릭 다네이와 맨프레드 리는 함께 글을 쓰기로 하고 파일로 밴스처럼 지적이고 박식한 탐정 캐릭터를 만들기 위해 노력했다. 그들은 탐정소설의 고전들을 수없이 읽으며 연찬을 거듭하고 이 분야의 가능성에 대해 탐구했다. 그리하여 얻은 결과물 가운데 하나가 바로 이 책 『탐정, 범죄, 미스터리의 간략한 역사』이다. 밴 다인과 엘러리 퀸의 사례를 보며 나는, 그들이 탐독한 고전들이 한국에도 좀 더 출간되면 좋겠다는 바람을 가지게 되었다. 물론 이런 바람이 출판역학적으로 바람직할지 어떨지는 모르겠다. 먼지가 풀풀 나는 고전을 내느니 그 시간과 비용으로 최신의 탐정물을 만드는 게 더 생산적이라고 여기는 독자들도 꽤 많을 것 같다. 하지만 고전이, 대형출판사의 '세계문학전집'을 통해서만 나와야 할 까닭은 없지 않은가. 당장 팔리지는 않더라도, 『탐정, 범죄, 미스터리의 간략한 역사』를 읽은 누군가가, 현재 편집자이건 앞으로 편집자가 되겠다고 마음먹은 독자이건, 이 책에서 거론된 고전을 다만 한두 권이라도 번역 출판해 준다면 나는 그걸로도 이 책의 소임은 충분하다고 생각한다.

편집인 김홍민

탐정, 범죄, 미스터리의 간략한 역사
초판 1쇄 발행 2016년 2월 29일

지은이 엘러리 퀸
옮긴이 박진세

발행편집인 김홍민 · 최내현
책임편집 안현아
편집 유온누리
마케팅 홍용준
표지디자인 형태와내용사이
용지 한승
출력 블루엔
인쇄 청아문화사
제본 대신문화사

펴낸곳 도서출판 북스피어
출판등록 2005년 6월 18일 제105-90-91700호
주소 (121-826) 서울특별시 마포구 방울내로 11길 43 101-902
전화 02) 518-0427
팩스 02) 701-0428
홈페이지 www.booksfear.com
전자우편 editor@booksfear.com

ISBN 978-89-98791-45-2 (03840)

책값은 뒤표지에 있습니다.
파본은 구입하신 곳에서 교환해 드립니다.